Un momento de ternura y de piedad

Un momento de ternura y de piedad

Irene Cuevas

RESERVOIR
BOOKS

A mi madre, poseedora de todas las ternuras

¿No es horrible? Y a la vez es tan fácil, la ternura,
y no hay nada que hacer.

LUCIA BERLIN,
Bienvenida a casa

y hablas al mundo como si alguna vez todo hubiera estado en su lugar
como si decir *amor* fuera suficiente.

PATRICIA FIGUERO,
La fisura entra por las manos

Lo que más me gusta de mi madre es que esté
muerta.

SINÉAD O'CONNOR

uno

Mi madre es divina y suicida, como las mujeres norteamericanas de los años cincuenta que se cansaban de sus maridos y metían la cabeza en el horno en el que iban a hacer la tarta de cumpleaños. O que se atiborraban de barbitúricos. Ya no se pueden conseguir los barbitúricos debido al brutal número de suicidios que los pusieron de moda. Pienso mucho en esas mujeres: no querían casarse, y se casaron; no querían tener hijos, y los tuvieron; no querían jabón para abrillantar suelos, y lo terminaron comprando. Mi madre no soporta ese desfase entre lo que quiso y lo que tuvo. Supongo que en eso nos parecemos. Yo no quería una madre como ella, y es todo lo que tengo.

Lo que tuvo mi madre fue un conflicto demasiado pronto. Se quedó embarazada a los dieciséis. Y a los ocho meses quiso tirarse por un puente. Ahí estábamos: ella y yo dentro de ella. Con los coches pasando por debajo. Durante un segundo las dos estuvimos muertas. Soltó una de las manos y se inclinó hacia delante. Ahí estuvimos muertas. Algo instintivo y mamífero la hizo balancearse hacia atrás y fue cuando empezamos a estar vivas. «Me diste una patada», me contó mucho después, «y pensé que era mi corazón que había vuelto a latir. Pero ya ves, solo eras tú».

No deja de resultarme fascinante que nuestra relación se iniciara antes de que yo naciera. Ya en ese puente las dos gestamos nuestros roles. El ratón y el gato. El coyote y el correcaminos. He tenido que darle muchas patadas después para que respirara, para que vomitara, para que abriera los ojos y me diera de comer.

Ahora las patadas son cada vez más suaves: una llamada a la clínica para desearle buenas noches, un par de visitas a la semana. A veces, una caja de bombones. Algo de ropa nueva. Unos pendientes que puedan pasar el control, carísimos pero diminutos, con los que ni un bebé pueda atragantarse.

Como hoy he venido corriendo desde casa de Diana, lo único que traigo es el sudor pegado a mi piel. Nada más entrar me dirijo a la enfermera que está en la recepción. Me reconoce perfectamente porque una vez mi madre montó una escena en el hall y tuvieron que separarnos. Rompió alguna de las macetas y un reloj y ese mes la factura me subió al doble. La forma de disculparse de mi madre fue diciendo «pero ahora ha quedado más bonita la sala, ¿no te parece?». No hace falta que abra la boca, porque, en cuanto me ve llegar, la enfermera se me adelanta.

Si te lo estás preguntando, no le pasa nada. Tu madre está en el jardín, como siempre. Y también me dice, alzando un poco la ceja izquierda y poniendo la voz grave, ¿quieres que te acompañe alguien?

Mi madre solo es peligrosa consigo misma y normalmente sabe comportarse, pero a veces le dan ataques de rabia incontrolables. No sé cuántas noches ha pasado ya internada en la Unidad de Agudos desde que está aquí. «Imagínate una pantalla con interferencias», me dijo una vez su psiquiatra, «algo así le ocurre al cerebro de tu madre por dentro. Se le descompensan los niveles de serotonina y la medicación no puede controlar siempre esas bajadas». Dibujó una montaña y señaló el pico y luego lo hizo descender hasta el final de la hoja. Yo miraba el boli pensando que no iba a terminar nunca.

No hace falta, le respondo a la enfermera. Todo va a ir bien.

No hay teléfono en el jardín, por eso mi madre se pasa allí el tiempo. Y por eso mi madre no contesta nunca cuando le devuelvo una llamada media hora después. Y siempre cabe la posibilidad de que esté muerta. Casi lo consigue una vez aquí dentro. Descubrió que podía guardarse las pastillas en el hueco de una muela y tragar solo el agua. Engañó a los enfermeros, que veían en mi madre a un cordero dócil y servicial. Luego reunió unas cuantas pastillas y se las metió de golpe. Me llamaron para decirme que le estaban haciendo un lavado de estómago de urgencia. Desde entonces le hacen abrir la boca después de tragar. Revisan caries e incisivos.

El jardín es una especie de paraíso perdido. Es lo primero que vi en el panfleto cuando decidí traer a mi madre aquí. Lo segundo que vi fue el precio. No mato ancianas por gusto, si es lo que te estás preguntando.

Por fin, dice mi madre cuando me ve, y agita los brazos para que me acerque. ¿Por qué no contestabas? Pensaba que te habías muerto.

Está sentada en uno de los bancos al lado de Silvia, una mujer rubia y tímida en lo externo, pero agitada y muy suicida en lo interno. Después de conocerla, mi madre me cotilleó que su primer intento de suicidio había sido con pastillas para dormir y que Silvia lo llamaba su escándalo de verano. «Tampoco fue tan escandaloso», me dijo mi madre, haciendo un gesto de indiferencia, «solo eran Diazepames». Creo que se olieron y que por eso se hicieron amigas. Los perros huelen la regla, y mi madre, las hormonas suicidas que flotan en el aire.

¿Qué ha pasado?, pregunto.

Le estaba contando a Silvia lo de la abuela. ¿Tú te acuerdas de cómo se murió?

¿Cómo?

Que si te acuerdas de cómo se murió.

Miro primero a Silvia para intentar entender y luego a mi madre, que me observa con cara divertida.

¿En serio me has llamado para que te diga cómo se murió la abuela? ¿Diez llamadas perdidas para eso?

Me gusta recrearme.

Sí que le gusta. Le encanta. Lo necesita. Además, mi madre nunca olvidaría la muerte de la abuela ni aunque le hicieran una lobotomía, la lleva tatuada en cada poro de su piel. Me retira la mirada y se la entrega a Silvia.

Prácticamente de la noche a la mañana desapareció, como un insecto.

Y, mientras lo dice, se da un golpe en el brazo para espantar algo.

¿Un infarto?, pregunta Silvia.

No, un tumor, contesta mi madre. Pero tuvo suerte. La fulminó.

Ya quisiéramos nosotras uno de esos, dice Silvia.

Ya ves. Las más afortunadas son las que menos lo merecen, dice mi madre y empiezan a reírse.

Yo las miro y sé que ya no estoy ahí, que soy la persona a la que no han invitado a la fiesta de pijamas suicida y mira todo desde una ventanita aparte. La cabeza me quiere estallar. Me siento idiota habiendo venido para nada.

No vuelvas a hacerlo, ¿vale?, le digo a mi madre. No me llames por la mañana si no es importante. Estaba trabajando y me he preocupado. He dejado a una anciana sola para venir a verte.

Y entonces la mirada de mi madre me atraviesa.

Ah, escucha esto, Silvia, es divertido. Mi hija cuida viejitas, ¿sabes? Las saca a pasear, les da de comer, les limpia el culo. A mí me deja tirada y a ellas les limpia el culo. ¿Qué te parece?

Que te jodan.

Es lo último que digo antes de que mi madre se levante y me dé una bofetada. Las palabras caen al suelo como una estela. No, qué va, las palabras caen una a una al suelo como los dientes de un boxeador en el ring.

dos

En casa de Diana le pido una bolsa de hielo. Tiene guisantes congelados. Cuando me da la bolsa pienso en que nadie se comerá esos guisantes, que mañana uno de sus hijos, el pequeño, los cogerá de la pila, los sostendrá en alto intentando descubrir por qué coño sacaría eso su madre antes de morirse y los tirará junto con un montón de cosas que todavía hoy son un tesoro para Diana. De repente quisiera llevármelos conmigo. Hacerle la promesa de que los comeré.

¿Y dices que eso te lo ha hecho tu madre?, pregunta Diana.

Asiento y, mientras lo hago, me coloco la bolsa en la mejilla izquierda. He venido con la marca de la mano de mi madre pegada a la cara como un incendio. Es lo primero que ha visto Diana cuando me ha abierto la puerta.

Mira, toca, digo. Quema.

Pero, al poner su mano sobre mi mejilla, siento alivio. Está fría. Está helada. Está como están las cosas que van a morir pronto. Han pasado cinco horas desde que empezó a beber el zumo y las primeras reacciones tienen que estar a punto de manifestarse. Espero pal-

16

pitaciones, confusión, espasmos, pupilas dilatadas. «Mamá quería cenar guisantes», dirá el hijo pequeño mañana dándose la vuelta en el asiento de copiloto de camino al tanatorio, sobresaltado por el descubrimiento. «Guisantes, ¿sabéis?». Y también dirá «¿no os parece un poco triste?». Aunque tal vez no diga nada y eso sí que será triste.

Todavía con la mano sobre mi mejilla, Diana me mira a los ojos y deja de sonreír.

Sí que está caliente. Imagino que te duele mucho. Luego la aparta y se sienta en una de las banquetas de la cocina. No me está mirando a mí, mira al suelo o a un recuerdo que se ha quedado pegado en el suelo. Yo a mis hijos no los toqué jamás. Pero hay algo en el fondo, ¿sabes? Una decepción que quisieras poder trasmitirles. Es fácil perder los papeles.

Una vez, una de mis ancianas me confesó que no había querido nunca a «esos pedazo de hijos de puta», así los llamó. Yo estaba por inyectarle una dosis desproporcionada de insulina y esperé un rato porque quería escuchar la historia. Años sin ir a verla. Sablazos a su cuenta corriente. Lo veo cada día. Cría cuervos y.

¿Estás bien?, le pregunto a Diana para sacarla de donde quiera que se le hayan metido los ojos.

La verdad es que no, no me encuentro muy bien y he llamado a mi hijo. Al mayor. Tiene su vida y lo entiendo. Habla con un tono de decepción que no le había oído hasta ahora.

¿Qué te ha dicho?, pregunto.

Que ya volverías tú, que para eso te habían contratado, que te encargarías de cuidarme.

¿Son todos así?, digo, arrugando la nariz un poco.

¿Así cómo?

Así, decepcionantes.

Diana por fin sonríe y me vuelve a mirar.

En realidad, no. Son hombres, demasiada testosterona junta.

Cinco hijos son muchos, pero tienen gestos de cariño. Con el pequeño creo que lo hice bien.

Mañana el hijo pequeño aún seguirá en el asiento del Uber cuando diga «tendríamos que haber venido más a verla». Se habrá dado cuenta de algo, rebuscará en su bolsillo y sacará la cartera antes de preguntar «¿vosotros tenéis una foto de mamá?». El cielo será casi gris. Sonará música de violines, porque siempre suena música de violines cuando está a punto de revelarse algo. Alguien preguntará de dónde coño sale esa música y el resto se encogerá de hombros. También puede pasar que el cielo esté despejado y que no haya música y que nadie hable porque no tengan nada que decirse. El caso es que muy probablemente el hijo pequeño pronuncie las palabras que toda madre querría oír desde el otro lado, el redoble de tambores, «ojalá pudiera pasar un último día con ella. Voy a echarla de menos».

¿Cómo se llama?, le pregunto a Diana. Tu hijo, el pequeño.

Rudi, contesta.

Él es el que me llamó, digo de repente.

Diana me sonríe.

Por eso creo que lo hice bien.

La siguiente hora la pasamos tranquilas, Diana todavía no ha encontrado la foto que quería enseñarme, pero sigue sacando álbumes. Estamos sentadas en la cocina; luego, en el sofá y, más tarde, en el borde de la cama. Nos reímos juntas. En la habitación tiene un pequeño altar budista adornado con una cinta roja e incienso. Hablamos de eso, de su vida en la comuna y de los culos blancos de sus bebés. De esto último hablamos porque me enseña una foto rodeada de sus hijos desnudos. Mientras Diana habla y habla y habla como si tuviera miedo a dejar de hacerlo, yo sigo pendiente de cualquier síntoma. Las manos le tiemblan un poco más de lo nor-

mal. En un momento le cojo de la muñeca y la sostengo con delicadeza. Lo hago para calcular el pulso y para darme cuenta de que
todo sigue más o menos igual. La noche se nos echa encima como
una avalancha.

¿No piensas irte, cielo? Ya es tarde, dice Diana, cerrando uno de
los álbumes.

Si no te encuentras bien, prefiero quedarme contigo, digo. No
me importa. Tampoco es que tenga mejor plan. Sonrío y señalo mi
mejilla.

Tranquila. Estoy mejor. Ya se me ha pasado. Me he asustado un
poco esta tarde, pero estoy mejor.

Y, si no fuera porque tiene las pupilas dilatadas, casi podría
creérmela.

Vale, le digo, entonces me quedo diez minutos más y me voy.

Pero diez minutos después me pide que me quede a dormir con
ella. Tiene las pulsaciones por las nubes y su cuerpo está empezan-
do a temblar demasiado. La ayudo a acostarse y luego me tumbo a
su lado en la cama y me acurruco. Hoy necesito que me abracen y
Diana también. Al principio estamos calladas, pero enseguida Diana me empieza a hablar de los hombres que conoció en la comuna
y del poema erótico que leyó ante una manada de lobos. Diana
llama lobos a los tíos que llevan el pelo largo y sucio y aúllan en la
cama por la noche. «Una loba vino a por mí y me poseyó», me dice.
«Era mi hermana. Era yo misma». Mientras me lo cuenta, dejo que
Diana vaya acariciando mi pelo. Y pasa así, entre conversaciones
llenas de animales. No sé en qué momento perdemos la luz del
horizonte, no sé en qué momento giro la cabeza para buscar la luna
y cuando la vuelvo a girar Diana ya está en silencio.

Mañana el hijo pequeño, Rudi, tal vez encuentre un pelo largo y
moreno en la cama al lado de su madre. Lo cogerá y lo mirará con

envidia y se deshará de él mientras estira la sábana que no pienso arreglar antes de irme. Luego se sentará encima de la cama y contemplará el cuerpo rígido de su madre. Ni siquiera entonces se atreverá a tocarlo.

tres

Cobro en los entierros. Al principio no lo hacía así, pero decidí empezar a hacerlo desde que un cliente intentó escapar y tuve que estar persiguiéndolo día y noche como una auténtica psicópata. Al final pagó a cambio de su gato. No tengo un frac, no soy una extorsionadora y no me gustó tener que involucrar a un pobre animal en el asunto. Quiero que las cosas sean justas, cobrar por un trabajo. No dar las gracias nunca por hacerlo. Y no tener que perseguir a nadie. Y, ahora que lo he ritualizado, me parece bonito venir a despedirme de mis ancianas con unas flores. Para Diana he comprado las que tenían el color más vivo en la floristería y ahora el amarillo me estalla en las manos. Sé que estaría orgullosa de la fiesta que llevo conmigo.

Cuando pasamos por la puerta del cementerio le digo a mi madre que se pare y le quito una hoja que se le ha quedado enganchada en el pelo. Es su cumpleaños y la clínica le deja salir a celebrarlo con un pase de día y poca medicación. Esta mañana le he dicho que tenía una sorpresa que le iba a encantar.

Es aquí, digo.

Mi madre me mira de arriba abajo.

¿Tan pronto quieres enterrarme?, se ríe.

Es el funeral de la anciana a la que estaba cuidando. Estarán sus hijos y tienen que pagarme.

Mi madre se para un momento y me mira intentando procesar la información. Noto algo de decepción en su mirada, en la idea de que esta no sea su fiesta.

¿No te pueden hacer una transferencia? ¿A quién se le ocurre venir a cobrar a un entierro?

No tengo nómina, contesto al aire. Ya sabes que voy por mi cuenta.

En el fondo tenía ganas de traer a mi madre al cementerio. Intentar una especie de terapia de choque con ella, como cuando llevan a una chica anoréxica a un hospital lleno de chicas anoréxicas para que pueda verles sus huesos. Aquí hay muchos huesos. Quiero que mi madre huela a sus vecinos, que sienta lo cerca que está de internarse aquí para siempre.

¿Ni un bizum?, pregunta.

Niego con la cabeza.

A veces me sorprende lo fría que eres, dice. Lo debiste de heredar de la abuela. Pero qué sé yo, es tu trabajo, ¿no? Tú verás.

Decido no contestar, porque quiero que hoy sea un día tranquilo. Llegaremos, cobraremos y luego llevaré a mi madre a comprarse lo que quiera. Si todo va bien, igual hasta podemos dormir en casa. Está guapa. Lleva un abrigo de piel que le regalé con lo que saqué en mi primer encargo. Se empeñó en que la abuela tenía uno idéntico que adoraba y que no había vuelto a ver. «¿De Gucci?», pregunté yo bastante sorprendida cuando me lo enseñó en la web. «No sabes lo que es perder a una madre», me dijo exagerando el tono, «si lo supieras, me comprarías ese abrigo. Aún la necesitaba». Y tuve que hacerlo. Costó lo que me pagaron por Emilia, así que es como si mi madre llevara puesta encima a esa anciana.

¿Esta era la vieja que estabas cuidando el otro día?, pregunta mientras echamos a andar.

Sí.

¿Y qué le pasó?

Cuando volví a su casa, se había dado un golpe en la cabeza, digo y hago una pausa dramática. Llamé a la ambulancia y eso, pero ya no pude hacer nada.

¿No me estarás echando la culpa a mí?

Claro que no, respondo.

Me lo había parecido, dice.

No fue tu culpa.

Lo sé. No te pedí que vinieras a verme. Viniste porque querías.

Fui porque estaba preocupada.

Mi madre se vuelve a parar y me mira fijamente. Luego hace una pinza con el índice y el pulgar y me pellizca la barbilla.

¿Sabes? Cuando dices esas cosas, casi puedo llegar a quererte.

Un rato después paseamos entre las tumbas. Mi madre se para en alguna de las inscripciones y enseguida avanza como si no hubiera visto nada interesante. Recuerdo muy pocos viajes juntas, alguna vez fuimos a la playa, pero fue hace mucho, el agua estaba fría y la arena no tenía color. Viéndonos aquí y ahora pienso en nosotras como dos turistas. Extraviadas en medio de la muerte de los otros.

Quédate aquí, digo cuando estamos a pocos pasos del crematorio y ya vemos el alboroto de gente.

Mi madre me responde con un bostezo.

Pero no tardes mucho o me deprimiré. Los cementerios me aburren y siempre me dan ganas de dormir.

Dejo a la reina del drama sentada en un banco de piedra que hay entre dos cipreses y me acerco a la puerta del crematorio. Un hombre pelirrojo y canoso mira con insistencia hacia afuera y nos encontramos con la mirada. Es Rudi. Lo reconozco por las fotos de Diana. Pienso en su culo de bebé y en si seguirá teniéndolo tan blanco, y en el azote que le daría si ahora mismo fuera su madre. Es un hombre normal, siempre son hombres normales, todavía no me ha llamado ninguna mujer. Los reconocerías porque son como cualquier persona viva. Ahora mismo puede que uno de mis clientes esté sentado a tu lado. Puede incluso que seas tú.

Me hace un gesto con la mano para indicarme que ahora viene, así que espero afuera a que termine la ceremonia. No hay música en este entierro. La sala está abarrotada de gente y van saliendo por tandas. Pasan a mi lado, sonríen, hablan y hablan como si todos ellos hubieran aprendido a hacerlo de Diana. Más que un entierro, parece un bautizo y no sé reconocer qué emoción me produce que sea así. Supongo que me da envidia que la gente sonría de ese modo. Yo miro el ramo de margaritas amarillas que aún llevo en la mano. Lo aprieto con fuerza y lo sigo apretando cuando una abeja viene y se posa en él. Rudi no tarda mucho en salir y saludarme.

Creo que hemos hablado por teléfono, dice sonriente y me tiende la mano. No se la doy. No te imaginaba así, sigue diciendo para romper un poco el hielo que ha empezado a rodearnos. Quiero decir, ¡guau!, te podría haber confundido con cualquier persona.

Lo sé, contesto. Yo también te podría haber confundido con cualquier persona. Él asiente con los ojos muy abiertos. ¿En qué crees que se transformará tu madre?, le digo mirando a la abeja.

Seguramente en muchas cosas antes de coger su nueva forma. Igual ya está por aquí.

Y levanta los brazos con rudeza para abarcar lo que nos rodea. Eso hace que la abeja se asuste y se vaya. Me ahorro decir en qué se transformará él.

Bueno, mamá ya está tranquila, sigue diciendo. ¿Te dio muchos problemas?

¿Problemas?, pregunto sorprendida. Tu madre era un amor.

Lo sé, dice manteniendo su sonrisa. Oye, todos lo sabemos. Mira cuánto la querían.

Hay algo en la sonrisa de los hijos que me produce escalofríos. Algo en su manera de abrazar a sus amigos, en su manera de asentir cuando les dicen «lo siento». Suele suceder siempre así y suelo sentir siempre lo mismo, pero eso no significa que haya conseguido acostumbrarme.

¿Por qué estáis felices?, le pregunto.

No es una despedida, se limita a decir él. Y al segundo me pone un sobre en las manos. No tiembla al dármelo. Siete mil, como quedamos. Y esto, sigue diciendo mientras tantea su abrigo y saca otro sobre. Es de parte de un amigo que va a llamarte. Tiene un encargo especial para ti. Me lo entrega.

Dile a tu amigo que no acepto encargos antes de saber de qué se trata, respondo.

No vive aquí y no te va a poder pagar de otra manera.

Lo cojo. Miro dentro e intento calcular cuántos billetes hay.

Diez mil, dice Rudi.

¿Qué nombre tengo que esperar?, pregunto por inercia, aunque hace un rato que he dejado de estar aquí.

Iván. Te llamará mañana, pasado como tarde. Tiene un poco de prisa.

Nos quedamos en silencio un rato. Luego Rudi vuelve a abrir la boca.

Bueno, eh, tengo que irme. Gracias por todo.

Ya.

Y se gira, pero entonces me dan ganas de hacer que derrame aunque sea una lágrima. A veces ocurre el milagro. Les cuento algo que les ablanda el corazón y, pum, ya está, se derriten. Vivo para poder asistir a ese arrepentimiento.

Tu madre quería ver vuestras fotos antes de acostarse, le digo.

Rudi se da la vuelta y me mira como si no hubiera entendido ni una de las palabras que he pronunciado.

Sacó todos los álbumes, prosigo, estarán tirados por el suelo, no me dio tiempo a recoger.

Ah, dice, ni idea. Hemos contratado a alguien para limpiar la casa, así que no te preocupes. Está bien.

¿Qué vais a hacer con sus cosas?

Las hemos donado, dice. ¿Querías algo?

No, me limito a decir, e intento parecer todo lo fría que puedo.

Porque lo que quería lo cogí. Busqué y busqué la foto de Diana antes de salir de su casa. Apareció en medio de un libro que abrí al azar. Esto es lo que hay en la foto: solo Diana. Sin hijos ni culos. Alguien tenía que recordarla así.

Pues eso, dice Rudi. Gracias de nuevo.

Luego espera a que venga otro hombre, un hombre que se le parece. Se saludan con una palmada en la espalda y se van con la tranquilidad de saber que nadie de los que hay a nuestro alrededor sospecha ni siquiera un poco lo psicópatas que son.

Mi madre no está cuando vuelvo al banco de piedra. Tampoco está en el crematorio ni en la entrada del cementerio. Allí pregunto a un jardinero, pero no ha visto a ninguna mujer con un abrigo de piel pasar desorientada. ¿Ni bailar sobre una tumba?, me dan ganas de preguntar, pero no lo hago porque iba todo tan bien hoy que quiero seguir manteniendo la apariencia de lo normal. «¿Necesitas ayuda?», dice él y solo me sale responder que no. Pero un rato después me inquieto y empiezo a llamarla. Primero, como se llama a una madre; luego, como se llama a una niña, con esa voz suave y desesperada de las películas.

Recorro de un lado a otro el cementerio y, cuando cruzo una zona llena de panteones, estoy en una tarde de hace quince años.

Mi boca sabe a la de una adolescente que ha estado comiendo pipas de vuelta a casa después de dar su primer beso. Y unos pasos más allá, estoy entrando a la casa donde vivíamos y me recibe mi abuela. La cara de perro de mi abuela. El lunar eterno en la frente de mi abuela. Y, un poco más allá, me dice «¿qué tal ha ido en el colegio?». Y luego dice «por cierto, he perdido a tu madre en el mercado» y se da la vuelta. En serio, iba todo tan bien ese día. Y más allá, ya es por la noche y hemos recorrido medio barrio. «¿Cómo pudiste perderla?», le digo entonces a mi abuela. Y mi abuela se encoge de hombros y dice «solo estaba comprando pescado», y un poco más allá dice «solo estaba comprando algo de fruta», y un poco más allá, «solo había ido a por lejía». Y sigo avanzando entre las tumbas y el lunar de mi abuela ha crecido y se ha ramificado y estamos en su entierro y tengo la estatura de una chica de quince años y mi madre está sentada a mi lado, tocándose el pelo distraída, y me dice bajito «la verdad es que nunca os quise y nunca debí volver».

Me paro. Estoy agotada. Me siento en el primer banco que veo y luego me tumbo bocarriba. Aunque habían dicho que iba a llover, ni siquiera hay lluvia en este cementerio. Miro al cielo para ver si, de esa manera, se anima, pero no lo hace, así que me animo a llorar yo. Y estoy así un rato hasta que una pareja se me acerca y me pregunta si era yo la que, hacía un momento, estaba llamando a alguien.

Hemos visto a una mujer deambulando por esa zona, me dicen y señalan más allá.

No termino de escuchar la frase porque me levanto a toda velocidad y echo a correr y más allá encuentro a mi madre sentada sobre una tumba cualquiera. No digo nada, solo me abalanzo a abrazarla por detrás.

¿Me comprarás una tumba así?, dice sin darse la vuelta. ¿Estás ahorrando para ella?

Claro que sí, le digo sorbiendo una lágrima. Claro que sí. Te compraré lo que tú quieras.

cuatro

Rodri está jugando a un videojuego cuando bajo a la tienda. Le digo «ey» y él me contesta «ey» y levanta la mano sin dejar de matar a lo que sea que esté matando en la pantalla. Una vez le pregunté si creía que, en una futura guerra, los *gamers* y los niños rata saldrían a disparar armas de verdad y él me dijo que no y luego me enseñó la trastienda. Era un sótano lleno de kilos de comida en conserva y un ordenador. Me dijo que, en una futura invasión, él se encerraría a jugar un mes hasta que se le acabasen las Coca-Colas. «Todos haremos lo mismo», dijo. Me pareció el mejor plan. En una futura guerra, yo también vendré con Rodri a su refugio. Al fin y al cabo, necesitará que alguien le mate cuando se acabe la comida y no le veo capaz de hacerlo por sí mismo. Eso es lo que me produce más ternura de Rodri, que seguirá con su vida a cuestas pase lo que pase.

Nos conocimos hace un par de años, en uno de los peores picos de mi madre. Yo bajé a comprar comida a la tienda de Rodri porque era lo que más cerca me quedaba. «Tengo a mi madre a punto de abrirse las venas en la bañera», le dije, y él me contestó «pues que se espere cinco minutos, cariño, tengo que reponer». Nos caímos bien al momento. Cuando vio que compraba sin pensar y que me cargaba los brazos de chocolatinas para llegar antes a casa, empezó a prepararme una cesta de emergencia. Luego vinieron muchas más. A veces había demasiado papel higiénico y atún. Rodri me dijo que había heredado la tienda y a su hermana. Nunca le he preguntado qué pasó con sus padres y él nunca me lo ha dicho, pero intuyo que los monstruos que mata tienen algo que ver con eso.

Hoy lleva las uñas pintadas de verde y una camiseta fucsia y su escala cromática es otra de las cosas que más me gusta de él. Me gusta por el contraste que hacen nuestros cuerpos cuando están cerca.

Rodri sigue a lo suyo y yo sigo a lo mío: cojo peras, apio, jengibre y espinacas. Si estoy de humor, hoy haré un cóctel nuevo para mi próximo encargo. Me llamó anoche el amigo de Rudi, el de los diez mil. Sorpresa. Quiere que mate a alguien que no es técnicamente una anciana.

Ni de broma, le dije mientras me cepillaba los dientes y abría el grifo para ver cómo se escurría el agua y se perdía. Me encanta ese momento, el agua llevándose los últimos restos de algo que fue y que ya no será más. La última tabla del Titanic.

Casi es una anciana, contestó él. Ha envejecido bastante desde que está enferma.

Escupí y la saliva se quedó en el borde del lavabo. Luego le dije que no hacía esas cosas, que no me encargaba de matar a gente si no eran ancianas. Hay que poner límites, porque, si no los pones, el trabajo te devora. Lo dejé claro y, sin embargo, aquí estoy.

Puedo pagarte más si es lo que quieres, dijo.

Me quedé en silencio. Él se quedó en silencio. La saliva seguía sin irse. Y empezó a dolerme la cabeza. En realidad, no había parado de dolerme en todo el día. Ayer, después del colapso en el cementerio, llevé a mi madre de vuelta a la clínica y, cuando la vieron abrazada a su abrigo, me dijeron que iba a tener que pasarse una buena temporada allí. A ciento veinte euros la noche. Por lo menos le habían hecho un pastel. Por lo menos me consiguieron un Ibuprofeno. Lo estuve paseando toda la tarde en mi bolsillo. Me lo llevé a casa y me lo tomé mientras seguía el silencio de Iván al otro lado del teléfono.

Lo siento, le dije, porque de verdad me sentía derrotada después de tragar la pastilla.

Un rato más tarde, abrí el sobre que me había dado Rudi, separé el dinero para la clínica, separé el dinero para mi alquiler, separé el dinero para mis gastos y los gastos de mi madre. Vi cómo se esfumaba lo que había costado la vida de Diana en mi próximo mes y medio. No tenía ninguna otra anciana a la vista en el calendario. Busqué de nuevo el número de Iván y le llamé.

Deséame suerte, le digo a Rodri y coloco la compra sobre el mostrador.

Él mira todo extrañado.

¿Qué es esta manera de cuidarte?, dice apuntando a las espinacas. Desde que lo has dejado con Mona, ni te reconozco. Lo dice porque no me ha visto comprar nunca comida sana.

Estoy haciendo una dieta para desintoxicarme, contesto. Espinacas y desamor, un planazo.

¿Y a dónde vas hoy?

A una entrevista de trabajo para una tienda de juguetes, digo.

¿Eróticos?

Puede.

Se pausa.

Para ir a una entrevista, vas vestida como si fueras a un funeral.

Siempre voy vestida como si fuera a un funeral, Rodri.

Por eso nadie te contrata.

Eso me golpea. Pero no me da tiempo a replicarle porque sale disparado de detrás del mostrador y se dirige a la trastienda. Unos minutos después, vuelve y me da una camiseta con el dibujo de un emoticono sonriente en el centro.

¿Qué es esto?

Póntelo encima del jersey negro, vas a parecer simpática, dice.

Ya soy simpática.

Lo sé, pero ellos no tienen por qué saberlo.

Me pongo la camiseta, parezco una tonta con un emoticono sonriente en el centro de mi pecho. Solo le hago caso a Rodri porque controla de moda y de colores y del precio de los plátanos, de todo lo que yo no sé.

Al sacar la cartera, caigo en que se me ha olvidado lo más importante y salgo volando a coger lejía, guantes, unas gamuzas, abrillantador de suelos y desinfectante de baños.

Me preocupas, dice Rodri cuando vuelvo al mostrador.

Es para los juguetes. Es probable que luego tenga que desinfectarlos.

Ajá.

También es probable que tenga que limpiar algún váter de camino, digo.

Con que no me manches la camiseta, me vale. Luego se queda mirando el bote de lejía. ¿Está bien tu madre?

Andamos de subidones y bajones, digo y con la mano imito un avión que sube, sube y luego se estrella. Pero te prometo que no voy a hacer nada con la lejía que no sea limpiar baños.

Te creo, cariño, cuídate. Y no bebas eso, dice apuntando al bote. Tengo zumos si tenéis sed.

Sonrío por la dulzura de Rodri y sus zumos. Hay todo un cuidado en querer hidratar al otro. En el fondo, somos casi todo agua y tristeza, ¿no crees? Ayer las enfermeras nos dieron refrescos en el cumpleaños. Mi madre los miró y preguntó dónde estaba el vodka.

«Si esto fuera un hotel, podría coger algo del minibar», me susurró al oído. Yo pensé en que pagábamos la noche como si lo fuese. «Anima esa cara, mujer, que estás muy guapa», le dijo Silvia, y le puso en la mano un plato de plástico con un trozo de tarta que mi madre terminó dejando caer al suelo. Alguien cantó algo que ninguna entendimos, pero que pretendía ser el cumpleaños feliz. «Tan cansada y tan joven», suspiró mi madre. Alguien gritó algo sobre una teoría alienígena y vinieron a llevárselo. «Felices cuarenta y cinco», le dije yo.

Me despido de Rodri y salgo. En la calle, la primera ventanilla de un coche a la que me asomo me devuelve un puñetazo. Estoy horrible con la camiseta. Solo me calma pensar que, en una futura guerra, alguien podría dispararme y dar en la diana de la sonrisa. Se desfigurará.

cinco

Mato con las pastillas que le voy robando a mi madre de sus intentos de suicidio. Tenemos un arsenal en casa que podría derribar a cualquier mastodonte. Leo los prospectos y aprendo combinaciones mortales. Anticoagulantes y benzodiacepinas. Dabigatrán y Diazepam. También, gracias a ella, sé que es bastante difícil matarse con ciertas cosas. Por ejemplo, con una sobredosis de Orfidal. Acabamos en urgencias esa vez, pero mi madre ni siquiera llegó a perder el conocimiento. «Estas pastillas no sirven para nada», dijo cuando volvimos a estar en casa y se tumbó en el sofá. A mí me parecía que habían servido para salvarle la vida. Pero tenía razón, el Orfidal siempre hay que combinarlo. Con alcohol, con otras benzodiacepinas o con unos pulmones que ya no te funcionen bien.

¿Qué le pasa a tu madre?, le pregunté a Iván cuando me volvió a coger el teléfono anoche.

Los pulmones, los tiene atrofiados por una escoliosis.

Enseguida pensé en la caja de Orfidal que no mató a mi madre. La cogí mientras sujetaba el teléfono con el hombro, la abrí, revisé

33

las pastillas que quedaban y me pareció bien y suficiente. Iván también me dijo,

Ahora está viviendo en una casa remolque en un descampado, a las afueras. Es una cabezota porque no quiere salir de ahí.

Mejor ese plan que el de una tumba, dije yo, pero al momento me arrepentí de haberlo dicho. Las asesinas no emitimos juicios, solo escuchamos y asentimos.

¿Estás intentando que me eche para atrás?

No lo intento. Pero ¿lo harías?

¿El qué?

Arrepentirte.

No.

Es importante ese *no*, dije. Solo quería asegurarme.

Luego le pregunté con qué excusa pensaba que podría presentarme en casa de su madre.

Ella siempre está bromeando con que le mandemos alguna mujer de la limpieza porque el remolque se le queda grande, dijo. Pues eso.

Miro el asiento a mi lado en el autobús. Lo he ocupado con las bolsas que me ha dado Rodri y mi abrigo. Con los productos de limpieza en la bolsa, me siento como una *stripper* que va de camino a su show. Desnudaré el retrete y echaré mucho líquido en la ducha. Chorretones. Restregaré bien la gamuza contra la superficie hasta dejarla seca. Cuando mañana vayan a buscar el cuerpo de Lucia, se encontrarán con un santuario.

El autobús sigue avanzando y apoyo la cabeza en la ventana. El niño que va en el asiento de delante se da la vuelta y se queda embobado mirando la camiseta del emoticono. Funciona. Me sonríe. Le devuelvo la sonrisa. Me saca la lengua, le saco la lengua. La madre le agarra de la manga del jersey y tira de él hacia delante. «Ya vale. No hables con extrañas», dice con una voz demasiado aguda.

A veces pienso que produzco ese efecto en la gente. Se alejan. Como si fuera un potente corrosivo.

Ey, no soy una extraña. Lo digo dándole un golpecito en la espalda a la madre para que no pueda huir de mi afirmación.

Todo el mundo es un extraño, me contesta girándose.

Tiene la cara cansada y las ojeras de las madres panda que se sientan a esperar en una jaula del zoo a que les lancen una rama de bambú. Sé perfectamente cómo es esa cara, porque he vivido con alguien como ella.

Entonces tú también eres una extraña, le digo.

Puede, contesta y regresa a su postura inicial.

Saco mi móvil. No tengo ninguna llamada perdida de mi madre, pero sí un whatsapp que dice «me han pasado tu contacto, me llamas?». Lo archivo. En Google abro una página y me descargo un catálogo de lápidas. Las más baratas cuestan cinco mil y son un agujero en una pared. No quiero esa futura vida para mi madre. No quiero incinerarla y meterla en un bote y que alguien le haga un grafiti encima. La veo capaz de venir a visitarme en sueños solo para decirme que la saque de ahí.

¿Qué haces?, pregunta el niño, que me está mirando desde su asiento.

Juego.

No es verdad. Estás viendo fotos.

Es un juego de zombis, digo. Primero se entierran y luego vuelven a por ti.

Para dramatizar esta parte, estiro las manos hacia adelante como haría Michael Jackson y abro mucho los ojos. Sé que los zombis no tienen ojos, pero los niños no tienen por qué saber eso.

Los zombis no tienen ojos, dice decepcionado. Eso es un búho.

Lo sé.

Casi al segundo, las ojeras de la madre se levantan por encima de su asiento.

Oye, si vais a estar hablando, al menos déjale que se siente a tu lado. Es peligroso que vaya así.

Eso dice y eso hago. Cedo solo porque el niño ha empezado a caerme bien. Bajo las bolsas de Rodri al suelo y viene como una exhalación a sentarse a mi lado. Le doy el móvil y el catálogo de lápidas.

Con cuidado, Dani, no seas bruto, dice la madre, que aún nos vigila y mira los dedos del niño moverse con ansiedad por la pantalla. Y dile «gracias» a la chica.

Dani me dice «gracias» mientras la cabeza de la madre desaparece. Debe de tener siete años o algo así.

Venga, ¿cuál elegirías para un zombi?, le digo.

¿Uno que quieras que vuelva o que no vuelva?

Que vuelva solo cuando yo quiera, ya sabes, de vez en cuando.

Pues, pues… ¡Esta!, dice.

Elige un panteón. Napoleón tiene uno parecido. Lo sé porque lo vi en un programa de la tele, no porque a mí me importe Napoleón. Aún estaba mi madre en casa y veíamos programas de viajes, aunque ella se quedaba dormida por el bajón de las pastillas. Al final, siempre terminaba viajando yo sola en mi cabeza. Seguro que Napoleón pasa bastante frío ahí dentro.

No tenemos tanto presupuesto, Dani, digo con algo de tristeza.

Entonces una de estas, dice y señala una tumba de suelo.

Me gusta.

Pero ponle una cadena, porque de ahí es más fácil escapar.

¿Crees que una madre zombi escaparía?, pregunto.

Si es como la mía, sí.

Levanto la vista. Hay un ojo en el hueco que queda entre los dos asientos.

Ey, que os estoy oyendo.

Mi madre es un zombi, dice Dani.

Yo le digo que no. Ella reafirma mi *no* sacudiendo la cabeza.

Pero tiene razón con lo de la cadena, se te va a escapar, me dice con voz aguda. Y, por cierto, siento lo de tu madre.

No importa, respondo.

En serio. Perdona por lo de antes, por lo de ser una extraña. No lo pienso. Me da buen rollo tu camiseta, además. Yo… solo… estoy cansada. Se toca mucho el pelo al decirlo. Esto (y cuando dice *esto* supongo que se refiere a Dani) es agotador.

¿Puede venirse con nosotros?, pregunta él.

Claro, dice la madre de Dani mirándome de arriba abajo un poco retadora. Si algún día se atreve y le apetece cuidarte, que nos llame.

Apunto su número, aunque nunca vaya a usarlo.

¿Mamá de Dani te parece bien como nombre?, pregunto.

Me parece estupendo, dice sonriendo. Gracias por el rato. Este monstruito y yo nos bajamos en breve. Vente, Dani, que te pongo el abrigo.

Paramos una vez, luego otra. Y a la siguiente parada se levantan. Ella le da la mano al ponerse de pie y Dani la lleva corriendo por el pasillo del autobús. Hay algo parecido a un terremoto en los asientos. Me quedo mirándolos hasta que bajan. Dani da un salto de astronauta. Un pequeño paso y ya, la tierra. El sol parece ridículo a su lado y sé que seguirá siéndolo en un futuro, cuando Dani lleve un traje a juego con sus canas y se haya comprado una casa y un móvil de última generación. Quién sabe. Quizá me llame desde ese número y yo tenga que matarla.

Sigo sola el trayecto hasta la última parada. El paisaje ha empezado a agotarse. Me bajo cuando el conductor me dice, justo donde solo quedamos un sol que todavía calienta y yo.

seis

Me gusta trabajar de día. El sol es algo que nadie se espera encontrar cuando va a cometer un asesinato, pero es como descubrir de repente un chicle de menta en un bolsillo que no sabías ni que existía. De los que muerdes y te hacen sentir bien. De verdad, te vuelves a casa un poco menos pesada. Más limpia. La luz del sol puede hacer que una escena de terror se convierta en algo bellísimo. Una vez mi abuela estaba quitándole la cabeza a un pescado cuando un rayo de sol entró directo al cuchillo. «Te gustaría apuñalarme con eso, ¿verdad?», le dijo mi madre. Mi abuela dejó el cuchillo sobre la mesa y le dio una bofetada. Fue rápida como el sol.

siete

Como no sé cuál es la casa de Lucia, me paro a preguntar a la primera persona que me encuentro. La mujer está regando un huertito al lado de una de las casas remolque. Agachada y de espaldas. No me ha visto. Lleva un camisón largo y blanco que le tapa las piernas. Hace frío, así que supongo que habrá salido hace poco de la casa o que el sol la protege. De hecho, el sol crea un reflejo extraño en su pelo, lo incendia, en ese incendio de los árboles por dentro. Es una imagen alucinante. Como ver una virgen o una aparición, algo así. Tengo un impulso: saco el móvil y le hago una foto mientras mueve las plantas con cuidado. Cuando por fin le pregunto por Lucia, ella se da la vuelta y se incorpora. Es alta, más que yo, y es grande y está morena, aunque es invierno y nosotras y las rosas deberíamos estar pálidas aquí. Tiene esas arrugas alrededor de los ojos que se forman cuando has sonreído mucho. Se toma su tiempo para mirarme bien y yo me quedo quieta, porque ahora resulta que mi cuerpo ha decidido ser una estatua.

Depende, ¿quién lo pregunta?, dice con un lejano acento americano.

Y de repente no sé muy bien qué responder. Tampoco sé muy bien a qué he venido.

Eh, pues… uno de sus hijos me llamó para ayudarla, digo.

Estoy nerviosa y por eso mis dedos se tropiezan al intentar abrir la bolsa de Rodri. Saco el primer envase que toco y se lo enseño. Cristasol. Me vuelve a mirar despacio y sonríe. Hay algo felino ahí. Una gata acurrucada en sus ojos.

Vas a hacer poco con eso.

Es verdad, enseguida me doy cuenta de que los remolques apenas tienen ventanas. Son como tumbas, tumbas que puedes llevar al taller si se estropean, pero tumbas al fin y al cabo, donde lo mejor que puedes hacer es dormir una eternidad. Agito el bote por inercia.

La verdad es que lo traía para la siguiente casa, digo.

Estaría bien que te quedaras antes aquí un rato, ¿no? Soy Lucia.

Lo primero que siento cuando Lucia dice su nombre es que quiero salir corriendo. Iniciar una maratón y no girar la cabeza hasta que lleve cuarenta kilómetros como mínimo. Lo sé por el movimiento de mi corazón hacia afuera. Y porque lo veo irse palpitando lejos de mí y ya lo echo de menos.

¿Cómo?

¿No has preguntado por Lucia? Yo soy Lucia, dice.

Trato de mirarla como miro a mis ancianas. Colocada de piedad. No puedo.

¿Qué es lo que te sorprende?

Te imaginaba de otra forma, no sé, ¿enferma?

No me digas, se ríe. ¿Cuál de mis fantásticos hijos te ha dicho eso?

Evito decir su nombre todavía. Ha empezado a hacer demasiado frío, un frío de los que se te meten en el cerebro y no te deja pensar. Hundo la mano derecha en el bolsillo. Ahí están las pastillas.

Iván.

No me sorprende, contesta sin cambiar el gesto.

La verdad es que yo tampoco estoy tan sorprendida, ya podía imaginarme que Iván me estaba engañando. Llevo un tiempo en esto y sé de qué van los titubeos. Todo es oro y rosas y nubes de algodón hasta que llegas y de repente, pam, te abre la puerta una mujer fantástica que hace ganchillo por las noches, ¿quién mataría a alguien así? Da igual. Ni siquiera sé si ella hace ganchillo. Solo trato de pensar en el dinero que ya tengo y en todo lo que le pediré extra a Iván. Con todo ese dinero puedo comprarme papel de oro para llorar. Y una lápida en el suelo para mi madre. Y flores criogenizadas para esparcir en el funeral de Lucia si quiero.

¿Entonces no te pasa nada en los pulmones?, pregunto con una repentina timidez.

¿Te ha dicho eso?

Me dijo que necesitabas ayuda.

Por lo menos se preocupa, aunque no sé cómo tomarme esta invasión de la intimidad.

Soy ayuda, míralo así.

La veo dudar un momento, al final deja caer los brazos y dice, está bien, mira. Intenta coger aire y se queda a medias. Ahora es un globo desinflado en mitad de una fiesta que alguien ha pateado hasta dejar ahí, en una esquina. Lucia tose y sonríe. Están fatal, dice. Me han dicho que tengo la capacidad pulmonar de una lombriz. Pero no lo cuentes, ¿eh? Ahora es nuestro secreto. Me guiña el ojo.

Tranquila, no diré nada. Yo me cierro sobre la boca una cremallera invisible como hacen los niños para decir que estarán en silencio. Y sonrío.

Cuando entramos, descubro que todo está limpísimo. Como si otra yo con los mismos productos se hubiera pasado por aquí antes. Me viene un olor a vainilla que me hace sentir bien. Dejo las bolsas en la encimera mientras Lucia se adelanta por el espacio y dice «bienvenida a casa» y me sonríe, y yo digo «es guay». El remolque es un poco más grande de lo que imaginaba, tiene un sofá de dos plazas, una mesa, una estantería con libros y una pequeña cocina con fregadero, neverita y todo. Botes de especias. Semillas de sésamo Spice Islands y Lemon Pepper. Lucia me hace un tour por la casa que dura exactamente un minuto. He viajado más sin salir de mi cama. Hay un baño, minúsculo, pero con ducha, al que imagino que se tiene que pasar casi de lado. Y una habitación donde solo cabe la cama de matrimonio. ¿O es un armario? Conozco un cuento donde un lobo viene a tirar abajo casas como esta solo soplándolas.

Y mira, la máquina de oxígeno que me pusieron hace unas semanas, dice cuando estamos de vuelta a la sala. Le he puesto nombre. Ben. Así la pueden confundir con un marido.

Encantada, Ben, digo yo, y las dos nos reímos. Me acerco al tanque de oxígeno y lo toco. Está tan frío como la frente de un muerto.

No está mal, ¿no?

No, y suena a que es mucho mejor que un marido.

Lucia se ríe con ganas.

Pues sí, la verdad. Los maridos te quitan el aire y Ben me lo da.

Luego se sienta y se coloca el respiradero en la nariz. De repente, tiene veinte años más, como mínimo. Es como los conejos de los anuncios de pilas, pero de los que se quedaban a medias de energía y no conseguían subir las escaleras. Mecánicas. Pobres conejos.

Me quedo de pie y hago un repaso más lento con la vista. Tiene unas cortinas de flores amarillas y magenta que me recuerdan a las de una casa donde vivimos cuando mi madre ya hacía de las suyas. En serio, esa casa.

Limpié vómito de unas cortinas parecidas. Yo creo que eran las mismas, digo señalándolas.

¿Sí?, pregunta Lucia.

Sí. Y sangre, pero esto no se lo digo. Trabajaba para una mujer que tenía esas mismas cortinas. Un día llegué y estaban llenas de vómito. No sé si de ella o de su hija o de su perro o de su marido alcohólico.

En realidad mi madre se había abrazado a las cortinas y no quería soltarse. Había mezclado vodka y Escitalopram, un buen cóctel si te quieres destruir. Por mucho menos murió Amy Winehouse. La abuela le tiraba de la camiseta y ella la llamaba puta. Limpié los restos de eso. De las palabras también. Para los futuros suicidas: no intentéis hacer esto sin tomaros antes un sorbito de Primperan o terminaréis vomitando y arruinando unas preciosas cortinas. Lo peor de todo es que las tendréis que tirar y, de camino al cubo de basura, os daréis cuenta de que aún seguís vivos.

¿No preguntaste qué había pasado?

Prefiero no preguntar de dónde vienen ciertos líquidos, respondo.

Lucia se ríe.

Creo que lo máximo que yo he llegado a limpiar es coca, dice. Del espejo de casa de unos amigos. Fue un desperdicio porque no me invitaron a la fiesta.

¿Y cómo la quitaste?, pregunto divertida.

Con la nariz.

Me tengo que reír. Ella se ríe conmigo.

Era malísima. Y me pagaban poco, aunque tenían dinero. Todo fue mal en esa casa. Un día llegó el marido antes de tiempo y me pilló metida en su cama con la lencería de ella. Éramos amigas de la universidad, por favor, lo habíamos compartido todo. Pero les pareció excesivo. A mí me parecieron excesivos ellos.

Me encanta.

Así que estuviste limpiando, digo.

Sí, varios años.

¿Peor experiencia?

Mmm… La señora que me llamaba Sofía. Lo peor es que, cuando por fin conseguí que se aprendiera mi nombre, me dijo «chica, es que no hay nada que luzca en ti».

Nooo.

Sí.

La dejarías, supongo.

Le dije que por eso me llamaba Lucia, en pasado. Antes había un brillo en mí, esto lo dice canturreando. Seguí con ella un tiempo porque me tenía fascinada lo mala que podía llegar a ser. Me dejaba notas cuando se me pasaba limpiar algo: «¿Qué es esta mancha?». Yo le contestaba en otra nota: «Mermelada», «Semen», «Esta no la reconozco, tú sabrás lo que has metido en casa». Cuando me fui, le dejé una nota al lado de una mancha negra y gigante en la alfombra que decía: «¡He encontrado tu corazón!».

Nos volvemos a reír con ganas. Luego me muevo por el espacio con intención de coger los productos que he traído.

Ya sabes que no vienes a limpiar, ¿no?

¿Ah, no?

Me hago la sorprendida porque ella no debería saberlo.

¿Cómo que no?, vuelvo a decir y, al oírlo en mi voz, ahora sí me extraña.

Hay un código, lo aprendí cuando limpiaba. Hay señoras que solo quieren conversación y compañía. Limpias un poco, mueves unos cuantos muebles y luego te sientas con ellas un par de horas a rajar.

Y eso es lo que quieres.

Sí.

¿Y por qué una mujer de la limpieza?

Sois baratas. Las clases de conversación con cualquier nativo me saldrían al doble y, además, me pillarían enseguida. No sé fingir un buen acento.

Pienso en cualquier palabra aleatoria y estúpida y digo, yo te enseñaría a decir Tombuctú.

Ya sé decir Tombuc-tú.

Se para en el tú. Es sexy. Es tan sexy, de hecho, que me pongo a mover cualquier mueble para hacer mucho ruido y disimular que he empezado a sudar. Me sudan las manos cuando la gente es espontá-neamente sexy. Es como si mi cuerpo no soportara esa presión.

Estaba enchufada, dice cuando retiro la neverita con una fuerza que no sé calibrar y me llevo el cable por delante.

Mierda.

No importa.

Me asomo por detrás. Hasta eso está limpio.

No voy a poder hacer nada en esta casa.

Claro que sí, tenemos mucho de lo que hablar.

El servicio de psicología lo cobro al doble, digo.

Se ríe, es una risa tiernísima.

Anda, siéntate, no voy a morderte.

No sé lo que me pasa. Tengo las manos empapadas de sudor cuando dejo la neverita en su sitio. Me da cosa haber roto algo y que no vuelva a funcionar, pero enseguida nos ponemos a hablar como si no hubiera pasado nada y nos olvidamos del ruido que ha empezado a hacer la neverita y las manos se me calman y es todo luz en una casa en la que casi no entra luz de afuera. Todo me parece suave y lento cerca de Lucia. Es su voz. Cuando habla un rato es como si estuviera a punto de desfallecer, a punto de quedarse sin aliento. Creo que podría morirse así, hablando hasta vaciar el tanque de oxígeno. También creo que podría matarla solo quedándome aquí y hablando toda la noche con ella.

Un par de horas después estamos sentadas en el sofá cuando me doy cuenta de que quiero una foto. Quiero decir, más fotos. De repente siento que necesito llenar mi teléfono de Lucias. Miniaturas a las que poder abrazarme cuando esté en mi cama y tenga frío.

¿Te puedo hacer unas fotos? Son para un reportaje de una revista con la que colaboro, digo. Documento a las señoras para las que curro, las casas.

Claro. Me encantan las fotos.

Le encantan las fotos porque es guapa y podría haber salido en un catálogo de personas guapas.

¿Qué quieres que haga?

No sé, cosas. ¿Qué sueles hacer? Aparte de reírte, claro.

¿Cómo que qué suelo hacer? Lo mismo que tú. No sé. Limpio, cocino, leo, voy al baño. ¿Sigo?

Mmm. Mejor ponte ahí de momento, en la cocina. Hay buena luz.

Pero sin esto, dice y se quita el respiradero y lo deja a un lado. Vuelve a brillar así. A tener diez años menos. O veinte. O treinta.

Se coloca donde le digo y mira a la ventana que está sobre el fregadero. Tiene los brazos estirados, la cabeza erguida. Cierra los ojos. La imagino también en un apartamento, cerrando los ojos de esa manera un segundo antes de que aparezcan Iván y sus otros hijos en la cocina. Huele a huevos rancheros y tamales. Se acaba de comprar el camisón en un mercadillo, en Oaxaca, México. Digo lo de México porque Iván me contó que vivieron ahí un tiempo. Los niños llegan y con ellos llega el sereno estruendo de los tenedores cayéndose y el «mamá, Iván me ha pellizcado». Cuenta cinco segundos, se da la vuelta y va donde está sentado Iván, se agacha ante él, que de repente es un dios pequeño y le implora «cariño, deja de pellizcar a tu hermano». Está agotada, pero nadie lo diría, porque no tiene ni una sola bolsa debajo de los ojos. Iván se queja de que el hermano mayor (¿Miguel, Paul? o como quiera que se llame) ha empezado primero. Ella sabe que es un dios inmisericorde, pero aun así le dice «vale ya, señorito, o te estás quieto o te quedas castigado». Hoy irán a la playa, recogerán conchas, Iván le traerá una piedra negra y se la dará. Luego hará el payaso, como hace siempre, quitándose el bañador y rebozándose por la arena. «Qué niño más vivo y más libre», dirá un hombre. «Es tan guapo que lo quiero para mí», dirá su mujer. En la playa, Lucia mete las manos en el mar y se remoja, y aquí abre el grifo demasiado y el agua le salpica y se toca un brazo y murmura algo. Luego coge un poco de agua en el cuenco de sus manos y me la lanza de la misma forma que hace treinta y cinco años se la lanzó a Iván. Yo sonrío y digo «¡oye!»; Iván escapa entre las rocas. Le hago otra foto. También vivieron en Chile y en Oakland y en Nueva York y y y. «¿Por qué viajasteis tanto? Iván no supo responderme». Noté algo de rencor ahí. O de cansancio. A veces es lo mismo. Odiamos porque estamos cansadas de lo que no hemos elegido. Por eso hay tantas rupturas. En la cocina de Oaxaca, Lucia abre la ventana y en la de Nueva York la cierra. Y aquí se da la vuelta y me dice «¿te gusto así?».

Tiene un plato en una mano, y en la otra, un estropajo. En medio de todo eso, está su sonrisa, que se levanta como el borde del cielo, ese borde al que van los pájaros a perderse.

Me pareces perfecta.

ocho

«¿Hay un nuevo truco para limpiar el suelo con espinacas y no lo conozco?», pregunta de repente Lucia, abriendo la bolsa de Rodri y asomándose dentro con curiosidad. Las peras, el apio y el jengibre se desbordan por la encimera. Ahora estamos contemplando un bodegón. Uno de esos en los que el pintor nunca sabe bien qué situar en primer plano y lo coloca todo apelmazado y sin perspectiva. La pregunta me devuelve al mundo.

Ah, todo eso lo traía por si te hacía un zumo de bienvenida.

Hazlo, dice. Quiero probarlo.

No quiero matarla todavía.

Bueno, es que…

Venga, insiste.

En realidad, no quiero matarla nunca.

Me vendría bien.

Yametengoqueir.

Esto último lo decimos a la vez y nuestras voces y nuestras risas se chocan como cuando te chocas con un desconocido por la calle y no puedes escapar de ahí.

Ahora en serio, digo en cuanto recupero el turno de palabra. Creo que te vendría bien que me fuera.

Ella asiente.

Está bien, como quieras. Lo dejamos para otro día.

Prometido.

Gracias por el rato, entonces.

Es la una del mediodía, llevo aquí más de dos horas. Si hubiera hecho mi trabajo, Lucia ya estaría muerta. Tengo que hablar con Iván y decirle que me dé a su madre, que se la compro, que hagamos como que está muerta y yo me la quedo, me la quedo, Iván, pero qué haces, pero qué coño haces y por qué, si deberías arrodillarte ante ella. Construir un altar en lo alto de una encina. Y darte latigazos por haber deseado su muerte.

¿Te llamo cuando ensucie un poco la casa?, me pregunta Lucia sonriendo en la puerta. Eso me devuelve otra vez al mundo.

Claro, sí, digo al aire.

Pero dame tu número, anda, prefiero no depender de mi hijo para esto.

Le doy un número cualquiera. Así llamará y le contestará alguien que no soy yo y le dirá «lo siento mucho, pero no sé quién eres y no puedo ir a limpiar tu casa» y su casa se quedará limpísima como siempre y ella seguirá viva como siempre. O tal vez se muera sola, pero yo ya no lo sabré. Hace poco, una chica a la que quería mucho me hizo algo parecido. Mona. Después de salir juntas unos meses, dejó de contestarme a los mensajes. Desapareció. Si quieres matar a alguien, puedes empezar haciéndole el vacío. Seguro que has visto cuchillos que cortan menos. Pero no te estoy descubriendo nada que no sepas, ¿a que no? Todos llevamos un pequeño asesino en nuestro silencio.

¿Dónde estás?, me dice Lucia, ¿dónde te has ido? Vuelve a traerme al mundo con su pregunta.

Aquí. Perdón, estaba pensando en mi madre, tengo que ir a verla ahora y es complicado.

Ella me sonríe. Quiero pedirme esa sonrisa para llevar.

Suerte.

De camino al autobús, me doy cuenta de que el paisaje se ha quedado aburridísimo. Casi no hay sol ni hojas ni pájaros. Eso es lo que hace el invierno, supongo, quitarle el color a las cosas que ya no van a importar.

nueve

La podemos construir en mármol o en granito.

El hombre de la funeraria abre un catálogo de estatuas y me lo enseña. No quiero que suene como un tópico, pero él es un tópico. Calvo, delgado, alto, frío y serio. Parece que se hubiera despertado hace diez segundos de uno de los ataúdes que nos rodean. Tampoco sé muy bien qué esperaba encontrar aquí. ¿Un monologuista que hiciera chistes sobre el precio disparadísimo de los alquileres y las ventajas de irse comprando un ataúd? Podría acabar el monólogo con algo como «seguro que has visto zulos más pequeños en Idealista».

Descarto los ángeles, siempre me han dado mal rollo, digo.

Fuera ángeles, dice él y retira todas las imágenes de las estatuas con alas.

Descarto los hombres y los soldados caídos, digo.

Por supuesto.

¿Todavía hay gente que compra soldados?, pregunto asombrada. Me parece que están superpasados de moda.

Mientras haya guerras, habrá soldados.

Le miro a los ojos. Ha dicho eso con total seriedad. Sin parpadear. Es como si el monstruo de Frankenstein estuviera vivo y hablara. Estoy casi segura de que hacen un test para entrar a trabajar en una funeraria y el primer requisito es tener una lógica aplastante. El segundo: hablar como si quisieras que todo el mundo te pegase.

Claro, ¡qué tonta soy!, ¡cómo no lo había pensado antes!, digo. Mmm. Niños y calaveras, fuera.

Retira también a los perros y a los gatos mientras pienso en todas las personas que compran una estatua para recordar a sus mascotas, pero luego incineran a su familia y tiran las cenizas por cualquier acantilado. Aunque no lo creas, estamos rodeados de gente así. Nos quedamos solo con las estatuas de mujeres. No hay variedad: solo una de una mujer que reza y otra de una mujer que llora desnuda.

¿Me das un momento? Tengo que consultarlo con alguien.

Y sin darle tiempo a responderme, me retiro a un lado y marco ese número de teléfono al que creí que nunca llamaría. Cuando la voz contesta digo, hola, ¿está Dani contigo? Al decirlo, siento que estoy en un matrimonio.

Es la chica del bus de ayer, dice la voz al otro lado. Está aquí, sí, me responde de vuelta.

¿Me lo pasas? Ando donde las lápidas y necesito la opinión de un experto. Y cuando Dani se pone al teléfono le digo, hola, colega. Juegas por cincuenta millones. ¿Estás preparado?

Sí.

Entre la estatua de una mujer que está rezando y la de una mujer que llora, ¿cuál elegirías?

¿Para tu madre? ¡Un dinosaurio!

Me parece lo más justo. Bajo el móvil y tapo el auricular para preguntar. El hombre de la funeraria se me adelanta y mueve la cabeza. Por un momento, dudo de si es un robot.

No les quedan dinosaurios, digo de vuelta. Solo mujeres.

La que llora.

¿Por qué?

No sé. Es lo que hacemos, dice.

Es triste, digo, mirándola bien. Y tiene algo que no me acaba de convencer…

Pues la que reza.

Pero soy atea.

La que llora, se escucha por detrás.

Pásame a tu madre un momento, digo. Me la pasa. La que llora está en tetas, por eso tengo dudas, no sé si a mi madre le gustaría. Y además no tiene sentido su postura, es como si se hubiera metido en la ducha y la muerte la hubiera pillado ahí. Solo le falta la toalla.

Tu madre no lo va a ver.

Ahora sí estamos en un matrimonio.

Ya, pero ¿y si un día sale de la tumba, consigue romper la cadena y lo ve?

Se ríe. Me gusta su risa por teléfono. Es porque el teléfono siempre amortigua las voces y hace que parezcan ultrasexis, ¿te has fijado en eso?

Entonces echa a correr, porque ese será el menor de los problemas, contesta.

Convencida.

Marchando la de las tetas, dice Frankenstein mientras me arranca el catálogo de las manos. Ahora tengo ganas de matarlo a él.

Gracias por la ayuda, le digo al auricular sin quitarle la vista de encima al hombre.

¿Cuándo será el funeral?, me pregunta la madre de Dani.

Pues no sé, todavía estoy arreglando cosas.

Avísanos.

Claro.

Chao.

Cuelgo. El hombre de la funeraria guarda los papeles y teclea algo. Le pregunto si puede hacerme una fotocopia a color de la lápida y de la estatua. Va a hacérmela con una parsimonia exagerada. Si es una máquina, es la máquina más lenta que he visto en mi vida.

Pago en efectivo. Los diez mil que me adelantaron de Lucia. Frankenstein cuenta los billetes como si lo hiciera todo el rato. Parece que me lee el pensamiento, porque dice «la gente suele venir aquí a blanquear dinero, estoy acostumbrado».

Retiro la mirada y observo uno de los ataúdes abiertos. Por un segundo me imagino a mi madre dentro y me da un golpe el corazón. No creo que pueda prepararme nunca para el shock de verla encerrada en una caja. Ayer fui a visitarla cuando volví de casa de Lucia. Estaba con Silvia en el jardín hablando de su tema favorito: todas las maneras posibles de morir.

A ver qué te parece, me dijo mi madre. Monóxido de carbono. Dicen que es la muerte más dulce.

Y más efectiva que las pastillas, apuntó Silvia.

A mi madre le brillaban los ojos como si acabara de oír hablar de un antiguo amante. También estaban los hijos pequeños de Silvia a nuestro alrededor, el niño bebé jugaba con una ballena de peluche, la niña masticaba unas galletas. Me alegré de que todavía no entendiera lo que acababa de decir su madre y pudiera tragar sin problemas. Cerca de nosotras pasaron algunos enfermeros repartiendo la medicación y sonriendo a los otros pacientes. Uno de ellos le dijo al niño «pero qué ballena tan bonita tienes». En serio, estuve a punto de pedirles que me dieran algo para dejar de sentir. Cuando volví a casa revisé el gas, llamé al casero y le dije que o nos ponían un calentador eléctrico o dejábamos el piso. «Me ha salido una alergia extraña al gas», argumenté. No es broma, una vez leí la noticia de una chica que había desarrollado una alergia a todo por culpa de una fuga de gas. No podía besar ni tocar a nadie. La noticia decía que tenía alergia hasta a su marido. «Vaya», me dijo el casero después de oír la historia. «Tendremos que cambiarlo, me gustas como inquilina. No sabes la de gente rara que hay por ahí». Hostias. Sí lo sé. Todavía tengo la esperanza de que mi madre vuelva pronto a casa con sus nuevas ideas en la cabeza. Además, si un día le diera por invitar a Silvia a cenar, no me querría hacer responsable de tener que acabarme yo sola la cena.

No sé si me convence esa muerte, les contesté en el jardín. Nos dejaríais una factura de gas horrible a vuestros herederos.

Y una fuga insoportable en el corazón, pero esto, como siempre, claro, no se lo dije.

Ellas se echaron a reír y yo pensé que, de heredar heredar, como mucho, heredaríamos la locura.

Frankenstein me da la fotocopia por fin y me vigila hasta que salgo por la puerta. Ya fuera, miro la hora en la pantalla del móvil porque tengo hambre. También tengo treinta y dos llamadas perdidas de un número que he bloqueado. Treinta y tres, ahora mismo.

diez

Hola, Iván, perdona, estaba sin cobertura y no he podido coger el teléfono. He visto que tenía llamadas perdidas tuyas. Supongo que me has llamado para confirmar si se ha producido la devolución que solicitaste. Fui a recoger el paquete, pero estaba en perfecto estado, la verdad, no coincidía con la descripción que me habías hecho. Así que lo siento, pero no voy a poder dar de baja el producto y mucho menos voy a poder cambiarlo por uno nuevo. Como ya te dije, no entra dentro de nuestra política de empresa. Espero que lo comprendas. Sobre el dinero que me adelantaste para los gastos de envío, te lo haré llegar cuanto antes. Puedo ser muchas cosas, pero no una estafadora. Que tengas un bonito día.

once

Es viernes y ando bastante cansada, aunque me acabe de levantar. Estoy tumbada en la cama revisando las fotos que he hecho la última semana cuando me salta la cara de Lucia. Mi móvil ha decidido hacer un álbum solo de ella y destacarlo. «Rememora el momento», dice. Y también dice «un vistazo al lunes». Creo que Google Fotos piensa que no tengo vida más allá de mi trabajo y de mi madre, y, aunque tenga algo de razón, también le hice una foto a un escarabajo, a un brik de leche que compré donde Rodri y a un plástico de la basura que me recordó a Mona. Cuando estábamos juntas, solíamos hacer ese tipo de fotos artísticas y derrotadas.

Me acomodo la almohada mientras pincho en una de las fotos de Lucia. La verdad es que esta semana no he podido dejar de pensar en ella y en por qué Iván querría matarla, hay algo ahí que me seduce y me obsesiona, no te voy a engañar. Al final hablé con él. Después de mi mensaje. A la llamada cincuenta y seis le desbloqueé. Me dijo que había leído el whatsapp y que no lo entendía. Le dije que estaba clarísimo, pero aun así se lo tuve que explicar. Él me contestó que, si le iba a dejar colgado, al menos le devolviese doce mil. Los dos mil, por los intereses. Me quedé alucinada. La gente se piensa que puede chantajear a una asesina.

No ha sido un préstamo, le dije.

Pero podría llamar a la policía, ¿prefieres eso?

Eso te dejaría a ti con el culo al aire. Y a tu amigo Rudi, por cierto.

Asesina y extorsionadora, qué bien.

Imbécil y extorsionador, qué bien.

Y de ahí ya no sé qué pasó. Pero vamos, supongo que fue cuando le aconsejé que fuera a una terapia para aprender a sacar la rabia o que se convirtiera él en asesino y me dejara en paz. Debo reconocer que, en un momento de la conversación, sentí que estaba peleándome con un hermano de cinco años, el típico con el que te haces ahogadillas hasta que uno de los dos se ahoga de verdad.

Llevo en la cama tirada desde entonces, le dije a mi madre que tenía un virus del estómago para no tener que ir a verla. Me resulta bastante poco estimulante la amenaza de Iván, pero algo se me metió dentro y me atravesó, y cuando digo algo digo, no sé, una tristeza.

Vuelvo al móvil. Después de la foto en el fregadero, lo siguiente que tengo guardado es un vídeo. Lo abro.

¿Me estás grabando un vídeo?, dice Lucia.

No es un vídeo, se me escucha a mí decir.

Claro que es un vídeo. Y no suelo salir bien. La cámara me hace gorda.

Me río porque me quiere quitar el móvil. Vuelvo a ver el vídeo. Vuelve a intentar quitármelo. Me detengo entre el minuto 1:13 y 1:15 del vídeo. Lucia se está retirando el pelo de la cara con una mano y me sonríe antes de acercar la otra mano a la cámara y decirme «anda, trae». Lo recorto. Lo pongo en bucle. Me paso viéndolo toda la mañana y escuchando cada dos segundos el murmullo de mi corazón.

doce

¿E Iván?

¿Qué pasa con Iván?

Bueno, digo Iván o tus otros hijos, ¿qué tal con ellos? ¿Los ves mucho?

No viven aquí. Se quedaron en Estados Unidos.

Ah, ¿dónde?

Cada uno en un estado del país. Parece que fui sembrando hijos.

¿Os queréis?

Claro, ¡nos adoramos! Son hijos de su madre, ¿no me adorarías tú?

Mucho. Pero lo digo porque antes, cuando te he dicho que Iván me había contado lo de que estabas enferma, me dijiste que no te sorprendía.

Ya. Es que Iván es muy complicado.

¿En qué sentido?

¿Me estás grabando un vídeo?

No es un vídeo.

Claro que es un vídeo. Y no suelo salir bien. La cámara me hace gorda.

Qué va. Estás perfecta.

Anda, trae.

trece

Vuelvo. Estoy otra vez en el autobús de camino a casa de Lucia y al rato estoy otra vez bajando del autobús en la parada de Lucia y los árboles vuelven a ser los mismos que dejé atrás el lunes. Hasta mi corazón vuelve a ser el mismo que dejé atrás el lunes. Pienso que volver tiene algo egoísta. Solo vuelvo porque necesito verla otra vez. Igual que los pájaros, que vuelven para que nadie les robe su nido.

Cuando estoy a punto de llegar a la casa, escucho la risa de Lucia y siento que poco a poco mi ansiedad desaparece. Había venido todo el trayecto inventando escenarios posibles en los que ella estaba a punto de morir y en todos moría. Aunque no me dura mucho la tranquilidad, porque al lado de su risa aparece de repente otra risa, un poco más fuerte. Suena tal y como sonaría un taladro.

La risa es de otra chica. Eso es lo primero que veo cuando giro. Están sentadas a una mesa al lado de la casa de Lucia, hablando como si se conocieran de siempre. No sé qué me pasa, pero algo me estalla por dentro. La primera vez que oí hablar de la nueva novia de Mona sentí algo parecido. Un aguijonazo. En el centro. Paso de intentar explicar sin tópicos lo que todo el mundo ha sentido alguna vez.

Lucia me ve y nos encontramos con la mirada. Está fumando. Me gusta su gesto desafiante de matarse frente a mí.

Eres tú, dice soltando el humo cuando me acerco.

Soy yo, digo sin soltar nada.

¿Sabes que en el número que me diste me contestó un hombre? Me dijo que mujeres de la limpieza no tenían, pero si quería me podía mandar un perrito caliente a casa.

¿Te di el número de un restaurante?

Ojalá.

Lo siento, digo riendo.

No me hizo ninguna gracia.

Es divertido lo de las salchichas.

Claro que no lo es.

Está seria, pero creo que se ha reído por dentro.

Vale, no lo es, digo.

Ella es Elisa, por cierto.

Miro a Elisa. Elisa es monísima. Tiene algo pequeño y tierno en la nariz que le hace parecerse a un gatito. Quiero acariciarla, pero en vez de eso le sonrío. Elisa le da una calada al cigarro y me sonríe también. O más bien me come con la sonrisa. Ya no me fío de ella. Es de primero de asesina saber que todas las asesinas sonreímos como si nos fuera la vida en ello. Una muestra de nuestra cortés conveniencia.

Me puedes llamar Eli si quieres.

Claro, Eli, digo. ¿De dónde sales tú?

¿Yo? De la agencia. Me llamó su hijo. ¿Y tú eres…?

Es la otra chica que estaba viniendo, dice Lucia, y Eli me mira a mí y supongo que a la cara de idiota que se me acaba de quedar.

¿De la agencia?, ¿qué agencia?

La agencia de limpieza, ¿no vienes de ahí? Eli me sonríe. Yo no tengo agencia.

¿Y cómo te llamaron?, pregunta.

Por lo visto, voy dejando mi teléfono donde puedan recogerlo hombres pervertidos, digo.

Internet, corta Lucia.

No entiendo su mentira, pero me gusta. Supongo que hay algo protector ahí. Como hay algo protector en el hecho de que todavía no me haya preguntado cómo estoy.

Todo lo que viene a continuación ocurre muy rápido: Lucia le da una calada al cigarro y empieza a toser. A toser muchísimo, como si se le hubiera metido la tos dentro y hablara desde ahí en un idioma nuevo. Eli y yo no la entendemos, pero nos levantamos y movemos mucho las manos. No sé por qué hacemos eso. Parecemos asustadas de que pueda existir una voz así. Una voz con la que solo podrías comunicarte en un *call center* o en el infierno. Yo traigo corriendo el tanque de oxígeno y Lucia se lo engancha y la tos va desapareciendo. Unos minutos después, las tres estamos calmadas y Eli pregunta,

¿Estás mejor?

Sí. No sé qué me ha pasado, nunca había tosido tanto, contesta Lucia.

Luego entra en la casa porque necesita tomarse un vaso de agua y recargar las pilas sentada en el sofá.

Miro el cigarro. Tiene una etiqueta de peligro encima y luces fosforescentes que me dicen «aquí es». En una escena, Hitchcock metió una bombilla para iluminar el vaso de leche supuestamente envenenado y dárselo mascado al público. Cary Grant sube las escaleras con el vaso en la bandeja para darle las buenas noches a su mujer. Todo está oscuro, excepto la leche. No puedes perderte.

Hasta el espectador más tonto lo entendió. Ahora sabes a lo que me refiero. Aunque aquí sea de día, este cigarro brilla como si estuviera hecho de sospecha.

¿Has traído tú el tabaco?, pregunto a Eli.

Sí.

Se supone que no puede fumar, digo.

Eso pensaba.

¿Y entonces por qué se lo has dado?

Me lo ha pedido ella, y, como pongo cara de no creérmelo, aclara, he tenido que ir al estanco a por él.

Lo cojo y lo pruebo. Están los labios de Lucia todavía ahí.

¿Quieres uno entero?, me pregunta agitando la caja.

No, no, estoy bien con este.

Se me ocurren varios venenos que podrían ponerse en un cigarro. Por ejemplo, cianuro. O si has visto *Breaking Bad*: ricina. Da igual, con cualquiera de los dos puedes ir despidiéndote. Para nada quiero ponerme paternalista con Lucia —siento que podría matar a veinte personas ella sola—, pero de repente todo me parece dañino, como cuando tienes un bebé en casa y ves peligros por todos lados. Las esquinas, las piezas pequeñas de los juguetes, las palomitas. Los niños se asfixian con las palomitas, ¿sabes eso? Las chupan y las ablandan y se les hace un tapón en la tráquea. Ahora mismo, de hecho, hay un niño atragantándose con una palomita cerca de ti. Le dirá a su padre «aj» y señalará su garganta rápidamente y se dará la vuelta y caerá de espaldas sobre un parquet que, además, ya tendría que ir cambiándose. Aquí no se oye el golpe, pero las dos nos movemos como si lo hubiéramos sentido.

¿Y cuándo entraste a currar?, pregunto mientras deshago el cigarro. ¿Cuánto llevas aquí?

Esta mañana.

¿A qué hora?

Paso un dedo por los restos de tabaco y lo chupo. Las luces se apagan como una guirnalda que ha dejado de funcionar. Primero un poco, luego otro poco y luego al final el último poco del todo. Está limpio.

Jo, pues no sé. Eli mira el reloj. ¿A las diez?

Son las once, en una hora le ha dado tiempo a hacer de todo. Empiezo a recomponer el espacio en mi cabeza para ir rápido a lo que haya podido usar para intoxicarla. La mayoría de las intoxicaciones comienzan a joderte a la hora o a las dos horas de haber ingerido lo que sea que hayas ingerido. Si es una buena asesina, está a punto de empezar la fiesta.

¿Has estado limpiando o habéis desayunado juntas?, pregunto con impaciencia.

Se ríe.

Casi no me ha dado tiempo a llegar, entre ir al estanco y eso. He limpiado un poco, pero ahora voy a seguir. ¿Por?

No, porque nosotras desayunamos el otro día juntas, ya sabes, así como bienvenida…

Esto lo digo también para sentirme más importante que ella.

Bueno, yo ya había desayunado.

¿Y Lucia no?

Estaba tomando algo, sí.

¿El qué?

Se queda mirándome fijamente.

¿Por qué te preocupa tanto?

Tiene diabetes. No me gustaría perder el curro.

Hago el gesto de cortarme el cuello con un cuchillo imaginario. Ella me sonríe mientras se levanta de la silla.

Pues me da a mí que ya lo has perdido.

Estamos en guerra. En los cinco segundos siguientes entro en la casa y digo en voz alta «o ella o yo».

Aquí hemos venido a limpiar, ¿no? Pues venga. Tú al baño y yo a la cocina, digo. Quien limpie mejor se queda.

65

Parece que Lucia está encantada con mis supuestos celos, porque, además, desde que he llegado está rarísima. No estoy celosa, o eso creo. Solo quiero que sobreviva.

Me parece bien, dice Lucia.

Me he pedido la cocina porque, en una cocina, tienes de todo para envenenar a alguien. Por ejemplo, por ejemplo, lejía. O sosa. Pónsela a un zumo y ya verás. A no ser que te quieras envenenar tú sola, entonces olvídate del zumo. Solo va a hacer que se te irrite más la garganta y no creo que quieras pasar un mal trago al final de tu vida.

En cuanto oigo cómo Eli levanta la tapa del váter, me pongo a abrir cajones como una loca. Me arremango. Saco botes y envases y construyo una muralla de comida y productos de la limpieza sobre la encimera. También me asomo a la basura para ver qué había en el estómago de Lucia antes de que llegase yo. Café, media pera, una chocolatina.

Estoy agachada cuando noto a Lucia acercándose por detrás.

Tienes una manera muy curiosa de limpiar ensuciando.

Es que tengo hambre, digo sin darme la vuelta. ¿Qué has desayunado tú? ¿Puedo coger algo?

He desayunado una tostada, pero coge lo que quieras.

Sigo rebuscando en la basura.

De la nevera. De la basura, poco vas a coger, dice.

Me levanto. Abro la nevera y me recibe un fondo blanco y brillante. Está limpísima. Como el resto de la casa, en realidad. Creo que Lucia limpia antes de que alguna de nosotras lleguemos para demostrar que no necesita ayuda y que ella misma inventó la limpieza. Saco la mermelada y la mantequilla y las unto en el pan de molde ante la mirada de Lucia. Se ha quitado el oxígeno y ahora es otra vez esa mujer con la que se podrían llenar revistas y empapelar las paredes de un estudio de cine. Le doy un mordisco a la tostada.

Estás enfadada, dice.

No estoy enfadada, contesto. Estoy concentrada.

Sí lo estás, esa cara es de estarlo.

Sigo mordiendo. La tostada sabe bastante amarga, pero creo que es por la mermelada de naranja.

Vale, lo estoy. ¿Quién toma mermelada de naranja?

Las modelos y yo. ¿Te molesta?

Sí, es que no lo entiendo. Está malísima.

De eso se trata, te quita el hambre y comes menos.

Preferiría que me arrancaran el paladar.

Y, mientras lo digo, temo que el sabor de la mermelada esté ocultando algo.

A mí me molestan otras cosas, dice.

¿Como qué?

Que aparezcas como si nada y con esa cara de cabreo.

No estoy cabreada, contesto, aunque claro que lo estoy.

Claro que lo estás. ¿Qué te pasa?

Quiero decirle que me enfadan las contradicciones, por ejemplo, tener que salvarla cuando debería estar matándola y, además, que ella no coopere ni para una cosa ni para la otra. Pero sé que lo que me pasa es que haya encontrado una perfecta sustituta tan pronto.

Ella, digo señalando al baño. Ni siquiera me diste tiempo a pensármelo. Vale que había desaparecido, pero podía volver.

Yo qué sé. Te llamé, no me lo cogiste. Y pensé… pues ya está.

¿Así? ¿Ya está? ¿Siguiente?

Te di por lo menos tres días. ¿Cuánto querías que esperase?

Mínimo, mínimo, digo, una semana. Qué menos. Estaba cuidando a mi madre.

Lo de que estaba peleándome con el imbécil de su hijo no se lo digo, aunque así sabría del todo cómo me siento. Sé que mi respuesta la ha derretido, porque baja la guardia y sonríe por fin. He debido de poner cara de *chicatristecuidamadres*.

Venga, boba. No te enfades. Si te consuela, a mi primer marido le di media hora el día que me dejó.

¿Media hora?

Sí. Se fue y al segundo empecé a cambiar todos los muebles de sitio. Hasta tiré una alfombra feísima que odiaba y que él había comprado, porque, encima de que me había abandonado, no iba a quedarme con ese espanto. Me puse a fumar en casa, me pinté los labios y dejé a los niños correteando por ahí. A la media hora, apareció porque se había olvidado algo y ya no era su casa ni yo su mujer.

¿Intentas animarme o destruirme con esta historia?

Lo primero, aunque no lo parezca. A ti te ha ido mejor. Ni siquiera he movido la nevera de sitio.

¿Por qué eres así?

¿Cómo soy?

Pues de repente un poco como la mermelada de naranja, no sé.

¿Agria?

Cruel.

Mira, bonita, dice riéndose. Tengo principios, ¿vale? Y me quiero y no soporto el abandono. Si te vas, no vuelvas. Además, solo hago lo posible por darle la vuelta y que parezca de todo menos eso.

¿Y cómo lo haces?, pregunto. Lo pregunto en serio. Es para una amiga.

Llamando a otra chica para que venga.

Eso ya lo he visto.

O, por ejemplo, a mi segundo marido le dejé yo, para que no se me pudiera adelantar.

Ahora la que se ríe soy yo.

¿Hubo un tercero?

Sí. Con él empatamos.

¿Otro que tampoco soportaba el abandono?

Exacto, dice riéndose. Pero cambié de ciudad si te sirve. Este es un buen consejo para tu amiga. Me habré mudado unas cien veces.

Guau. Gracias. Un consejo supereficaz. Cien casas. No está mal para superar tres maridos.

Y quizá no los superé. No fue solo por ellos, he tenido muchos trabajos y muchos amantes y muchos recuerdos de los que irme. Esto lo dice con un tono tan sexy como lejano. Si estoy viva es porque pude ir soltando lastre.

Sigo masticando por inercia y porque he dejado de sentir el sabor de la mermelada de naranja. Cuando llevas un rato, ya casi ni lo notas y en el paladar solo queda una fiesta de azúcar. Por un momento, me había olvidado de lo que estaba haciendo.

Oye, me quejo. Deja de hablarme o voy a perder.

Tranquila, no tiene nada que hacer contra ti. Antes ha estado limpiando la nevera con amoniaco. ¿En serio?, ¿dónde os contratan?, ¿en el siglo pasado?

Mierda. Se me encienden todas las alarmas. No tengo muy controlada la peligrosidad del amoniaco, pero de repente la boca me sabe a amoniaco y la casa me huele a amoniaco y la piel me arde en amoniaco. Hasta en mi cabeza los órganos de Lucia ya están llenos de amoniaco.

¿Cómo sabe el amoniaco?, digo alterada.

No lo sé. No suelo beberlo, he sido siempre más de vodka.

Vale. Un remedio casero, lo aprendí cuando mi madre intentó envenenarse con chupitos de lejía: leche. Un par de vasos como mínimo y luego al hospital. La leche produce una mucosa en el estómago y retrasa la absorción de los ácidos. Pero seguramente solo te sirva si has tomado lejía o desatascador de tuberías, para el resto ni lo intentes. Ese día a mi madre se lo tuve que meter con un embudo. Me arañó y me mordió con esa adrenalina del final que hace que te puedas levantar hasta de la tumba. Tengo una cicatriz en el antebrazo y a veces fantaseo y cuento que me la hizo un tiburón pequeño. Queda muy poco glamuroso decir que te mordió tu madre. Mejor una madre de otra especie. Una madre que estuviera protegiendo a su bebé tiburona de una criatura como yo. «Te odio», me dijo la mía al día siguiente en el hospital en cuanto pudo volver a hablar. «Te glub glub», dijo la madre tiburona en cuanto pudo volver a sacar su mandíbula de mi brazo. No sabes lo que me alegró escuchar eso.

Me sirvo un vaso de leche y le doy un trago corriendo porque he empezado a notar una picazón en la garganta, pero nada más probarlo lo escupo, escupo todo, escupo hasta mi garganta escupiendo.

¡Qué coño tiene esto, joder!, grito mientras toso.

Está malísima, ¿verdad?, dice Lucia. No he podido acabarme el café antes.

Y, en cuanto lo dice, tengo un pálpito y miro por la ventana y veo la taza de café al lado del cenicero. No estaba ahí o no me acuerdo de que estuviera o quizá brillaba tanto el tabaco que ni siquiera he podido ver otra cosa. De cualquier forma, esto sí que no me lo esperaba. Eli envenenando el antídoto. Joder.

¿Qué pasa?, pregunta ella, que de repente aparece en la sala como si mi pensamiento la hubiese invocado. Yo la miro con una mezcla de admiración y espanto.

La leche sabe a amoniaco, digo.

¿Cómo va a saber a amoniaco?, dice Lucia. Creo que está pasada.

Has estado limpiando tú la nevera antes con amoniaco, ¿no?

Sí, dice Eli, pero había sacado todo.

Le tiendo el vaso para retarla a que lo pruebe. Eli lo hace. Da un sorbo. Un buen sorbo. Uno de los que nunca daría una asesina que no fuera profesional y no llevase unos cuantos protectores de estómago encima. Me quedo mirando cómo la leche desaparece del vaso e imagino cómo el líquido va cayendo por su garganta. Esto es lo que hace el amoniaco, exactamente lo mismo que el amor: caer y quemarte, caer y quemarte. Eli empieza a toser.

Joder, sí que sabe a amoniaco, dice con la cara enrojecida y escupe en el fregadero. Luego abre el grifo corriendo y se bebe un vaso de agua de un solo trago.

Mejor toma mermelada, digo. Te va a matar el sentido del gusto.

Estoy descolocadísima con Eli. La primera regla de toda asesina es sonreír, pero la segunda es no destapar tu error ni aunque pongas en peligro tu vida. Una vez, una de mis ancianas estuvo a punto de pillarme, me dijo «este zumo sabe raro»; le dije que sería porque le había echado limón y le di un sorbo para que se quedara tranquila. Eso es lo que hacemos las asesinas, tragamos con nuestra mentira hasta el final, no escupimos los errores en el fregadero. ¿O sí?

¿Qué es exactamente lo que te pidió que hicieras Iván?, le pregunto a Eli. ¿Limpiar con amoniaco?

¿Quién es Iván?

¿Cómo que quién es Iván? Su hijo, ¿no me has dicho que te había llamado?

Mueve la cabeza mientras bebe otro vaso de agua y Lucia se adelanta antes de que Eli pueda contestar.

No, a ella la llamó Paul.

Sí. Paul.

¿Qué?

Como me habías dado plantón, decidí pedírselo al mayor, dice Lucia. Es más responsable.

Joder. Miro despacio a Eli tomando un vaso de agua tras otro y empiezo a verla como lo que supuestamente es. Solo la chica de la limpieza más torpe del planeta. La que limpiaría con lejía y amoniaco su propia casa y se asfixiaría sola. O la que mezclaría ácido clorhídrico con sulfato de cloro en una piscina comunitaria y haría una reacción explosiva y la liaría parda. Hay demasiada gente así por el mundo, ¿no te parece? Demasiada gente que, con su torpeza, nos va intoxicando el corazón.

catorce

Un rato después Eli recoge sus cosas y se despide. Se pone roja cuando pide perdón por habernos intentado intoxicar. Es mona hasta enrojecida. Se le encienden las pecas y se le acentúan más. Aunque todavía hay algo en su sonrisa que no me termina de cuadrar del todo. Quizá porque pienso que, si canalizara su torpeza, podría llegar a ser una buena asesina. O quizá porque sigo pensando que ya lo es. *Spoiler*: en la peli de Hitchcock nunca se sabe si el vaso está envenenado o no. La protagonista no se lo toma. Y nadie muere. Qué más da. Tampoco es que se libre. El marido es el veneno.

Será la una cuando ya hemos vaciado la nevera de Lucia y probado todo para asegurarnos de que no queda ni rastro de amoniaco; es entonces cuando yo también me despido. Estamos fuera, Lucia y yo, en el poco césped que queda en la entrada de la casa. Hace sol. El típico sol de invierno que te calienta un poco las venas y te devuelve la sangre y la vida al cuerpo. Lucia se abraza a sí misma porque solo lleva un jersey. Yo también me abrazo, pero solo porque me encantaría estar abrazada a ella.

No me has hablado de Paul. ¿Cómo es?, pregunto.

Paul es un cielo. Y una persona sensible. Se parece mucho a mí.

No sé si diría de ti que eres un cielo, digo.

Ya, dice riéndose. Tú dirías que soy cruel.

Eso era broma. Tampoco sé si diría eso.

No, pero sí, tienes razón. A veces lo he sido, dice Lucia con un tono serio y dulce a la vez.

Todas lo hemos sido.

¿Supervivencia?, pregunta.

Supervivencia. O eso creo.

Luego las dos nos quedamos en silencio unos segundos.

Bueno, y ahora de verdad, ¿a ti qué te pasó? Creí que nos habíamos caído bien, dice.

Soy tonta, digo, desviando mi mirada un momento hacia el suelo. Y cruel. Cuando me llevo bien con alguien, desaparezco.

Pues no vuelvas a hacerlo, dice ella. Porque no te volveré a dejar entrar.

Señalo una de las ventanas.

Sé colarme, digo.

Y yo cerrar la ventana y atrancarla. Lo dice sonriendo y una parte de mí empieza ya a romperse. Igual te suena raro, dice también, pero creo que me has generado una necesidad que no tenía.

¿Cuál?, ¿la de tener una mujer de la limpieza que no limpia en una minicasa? Soy muy útil en eso.

Por ejemplo. Se ríe. Y al momento dice, eso era una broma con mis hijos, no pensaba que lo fueran a hacer.

¿Les estabas reclamando algo?

Puede. Ojalá vinieran a verme. Sé que tengo una familia, pero casi no formo parte de ella. Bueno, entro ya, que tengo frío y yo también sé desaparecer.

Me guiña un ojo. Luego se gira y empieza a irse y no sé qué deja a mi lado, creo que un vacío punzante, y no me gusta.

Imagino que una vez se fue así, que cogió a sus hijos y salió por una puerta en Oaxaca, en Puerto Vallarta, en Boulder y en San Francisco. Que Iván pateó el suelo uno de esos días y ella le tuvo que arrastrar de la mano con fuerza esa mañana y todas las que vinieron, porque «vamos, se nos hace tarde y tenemos que irnos, deja tu dinosaurio, tu osito de peluche, tu férula para los dientes, tu desgastado corazón, tenemos que irnos ya de este sitio y de este otro también, tenemos que dejarlo todo y destruirlo todo y llenarlo después todo de tierra y de lombrices». Unas cien casas son unas cien vidas y de todas ellas se fue y en todas ellas se quedó una posibilidad abierta. ¿Qué vida empezó a dolerle a Iván? Aquí también comienza a irse Lucia y a llevárselo todo con ella, pero la cojo de la mano a tiempo y la atraigo hacia mí. Tengo el corazón en la punta de los dedos, que ahora tocan la punta de los suyos.

Espera. No te vayas, murmuro.

No le doy tiempo a reaccionar. Ya está. En un impulso, separo mis labios y la beso.

También sé que puedo matarla así.

quince

El día después de besar a Lucia no voy a su casa. Tampoco llamo a
la clínica. Me imagino a mi madre dando vueltas por el jardín del
centro, arrancando flores y espinas; a Lucia, dando vueltas por la
casa, arrancando el oxígeno del carrito. Yo no doy vueltas por la habitación, pero la habitación se me viene encima. No sabía que una
boca podía ser tan bella. No sabía que la saliva se queda entre los
dientes.

Bajo a ver a Rodri y descubro que no está, solo está su hermana
sorbiendo una sopa. Me mira de pasada y levanta la cabeza y el
cuenco para avisarme de lo que está haciendo. La tienda huele a
pollo y me entran ganas de comer, así que cojo unos fideos rápidos
de la estantería y un par de Coca-Colas de la nevera, porque hoy
quiero destruirme a base de azúcar.

Seis cuarenta y cinco, dice la hermana de Rodri cuando pongo
la comida en el mostrador.

Lo pago.

¿Dónde está Rodri?

Se ha ido con los distribuidores, dice.

Luego miro la comida del cuenco que sigue llevándose a la boca.

¿Tienes microondas? Se lo pregunto para no resultar invasiva, aunque sé de sobra la respuesta por todas las veces que he comido aquí. Ella asiente. ¿Me puedes calentar un poco de agua para estos fideos? Me harías un favorazo.

La hermana de Rodri coge un vaso con agua y se agacha bajo el mostrador. Luego levanta el cuerpo y la cabeza sale a flote despeinada. Nos miramos con la inquietud con la que se miran los que esperan. Esperamos y dejamos de mirar. El microondas pita y la hermana de Rodri vuelve a agacharse para salir a la superficie con el vaso y el agua ardiendo. Vierto el agua caliente en el bote y miro los fideos nadando en el caldo, luego miro la laguna que la hermana de Rodri tiene en los ojos. Tengo la sensación de que la tristeza siempre viene así, justo cuando te has agachado a recoger algo inofensivo del suelo.

¿Quieres algo más?, dice restregándose el puño contra una de las lágrimas.

¿Te importa si me quedo a comer aquí contigo? A veces como con Rodri.

Ella se encoge de hombros, se hace a un lado y saca otra banqueta de debajo del mostrador. Luego coge el cuenco de nuevo y me invita a sentarme. Quiero saber por qué llora, pero no le pregunto, porque entonces tendría que contarle por qué lloro yo. Siempre que destapas una intimidad, aparece otra más grande y hoy ni siquiera puedo con la mía. Me dejo caer sobre la silla y empiezo a comer. Entra un cliente, un hombre viejo con una bolsa llena de naranjas tan arrugadas como él. Las dos sorbemos nuestros fideos sin mirarle. Ninguna de nosotras estamos aquí. La hermana de Rodri se ha quedado perdida en algún punto de la tienda. Yo miro sin querer a los ojos de Lucia en mi cabeza.

dieciséis

Es mediodía, he pedido un pase para mi madre y la he ido a recoger al centro; ahora está sentada de lado, con el codo izquierdo apoyado encima de la mesa del restaurante y la barbilla sobre la mano. Se aburre. Le han servido un Martini y a mí un agua con gas. Cogí la costumbre de no beber después de todo el destrozo que se ha hecho mi madre en el cuerpo. El Martini tiene una aceituna esferificada acorde a este sitio carísimo que me ha costado encontrar. Mi madre la saca y se la come. No pegamos nada aquí. De repente me doy cuenta de que estamos en una cita. Las dos nos comportamos como adolescentes. Bebemos rápido para no tener que hablar de cosas de las que no queremos hablar, es decir, de todo lo que empiece por nosotras. Yo quisiera decirle que me gusta el corte de pelo que se ha hecho, parece una actriz de moda, pero en vez de eso le digo que me gusta su camisa y verla vestida otra vez con ropa que la haga brillar. Mi madre no me mira, porque alrededor todo es mucho más interesante que yo. Hasta diría que todo es más interesante que ella.

Voy al baño, dice de repente, pero no vengas.

¿Por qué iba a ir?

De repente sí me mira. Se detiene un rato largo y entorna los ojos.

Como si ahora tuviera que explicarte todo, dice.

Tienes que explicarme lo que no entiendo.

A ver, piensa.

No lo sé. Pienso.

Cuando eras pequeña siempre estabas persiguiéndome a todos los lados. No me dejabas ni mear. Tenías una fijación extraña.

Me quedo bloqueada con la acusación.

¿Qué? No, no era así. Te estaba cuidando.

Pues a veces me encerraba en el baño para escapar de ti.

Eso sí lo recuerdo. Mi madre encerrada y yo golpeando la puerta para que me dejara pasar con ella. «¡Solo un minuto!», respondía. Yo contaba sesenta segundos y volvía a tocar cuando llegaba al final. «¡Me temo, señorita, que va a ser un minuto más!». Hay millones de recuerdos que perdemos, pero otros se nos agarran con la fiereza de unas uñas recién cortadas. La memoria es persistente en su tarea de hacernos daño.

No tienes que escapar de nada, digo.

Ya veremos.

La veo irse. De camino le dice algo al oído a un camarero. Rompe la distancia cogiéndole del brazo y el camarero se ruboriza. Yo me ruborizo también en mi silla, aunque nadie me haya tocado. Es un poder que tiene mi madre, sabe cómo ponerme nerviosa a kilómetros. Me acaricio yo sola los brazos, me digo que todo va a estar bien. Antes de que vuelva mi madre, el camarero trae otro Martini con dos aceitunas dentro.

Está casada, le digo, por si acaso, aunque no sea verdad.

Él me contesta la misma frase que han dicho todos los hombres que luego han terminado asesinando a sus parejas.

No soy celoso.

Ya.

Le he gustado, dice mi madre cuando vuelve.

Ya me he dado cuenta.

¿Crees que traerá una tercera?

La última vez que mi madre estuvo con un hombre, le destrozó el coche y se lio a martillazos con el capó, así que espero que el camarero mantenga sus aceitunas en el bote. Y los huesos.

Lo peor es que sí, digo.

Mi madre me mira con cara de satisfacción.

¿Y a qué hemos venido? Cuéntame.

Te debía una celebración y, golpeo la mesa con las dos manos para hacer mucho ruido, ¡un regalo!

Se le encienden los ojos. De repente me pongo nerviosa. Como si hubieran destilado el agua no sé muy bien a qué temperatura y me estuviera subiendo toda a la cabeza. Tengo el regalo de mi madre en el bolsillo. La fotocopia de la lápida y una nota que dice «vale por un descanso eterno y, entre paréntesis, a consumir dentro de muchos años. PD: no tiene fecha de caducidad. No lo uses todavía». Le he puesto también unas estrellas para rellenar el espacio vacío que quedaba en el cielo.

Cierra los ojos, le digo.

No voy a hacer esa bobada. Pero, si quieres, dejo de mirarte.

Eso se te da muy bien.

Me viene un recuerdo. De repente, es verano en mi cabeza. Un verano de camisetas de tirantes que se me pegan a la tripa. Soy tan pequeña que no tengo tetas todavía. Estoy jugando con la hija de la vecina en un columpio balancín cuando veo a mi madre irse y salgo disparada contra el suelo. Me abro la ceja. Diez puntos. Quiero que alguien me lo muestre en un cartel como si fuera la puntuación de unas olimpiadas y no los datos de un informe de hospital. Pero eso es lo único que me entregan. Nadie me da las gracias por haber participado en esta competición absurda de abrirme la cabeza para que mi madre me vea. Ni siquiera ella me ha visto. Me ha traído la vecina porque mi madre ya se había ido. «¿A dónde?», le pregunto. «Por ahí, cielo». Cuando vuelvo por la noche a casa con la herida y la sangre pegada todavía en la frente, mi madre está riéndose con un vino y un hombre. No sé qué la hace reír más. Apenas me mira, pero dice «oye, tú, estás rara, ¿la vecina te ha cortado el flequillo o qué?».

Le doy el sobre, mi madre lo rompe sin cuidado.

¿Qué es esto?

Una tumba. Querías una tumba, ¿no?

¿Ah, sí? ¿La quería?

Sí, digo.

Pues, si la quería, ya no la quiero. Mi madre deja los papeles sobre la mesa. Luego retira la mirada dignamente y gira la cabeza hacia la izquierda. Está el camarero ahí.

Pensé que era lo que querías, el otro día me dijiste…

Lo que quiero es un collar que tenía mi madre y que no consigo encontrar.

Lo dice muy seria y se toca el cuello vacío.

Tenía cristales o perlas. ¿Te acuerdas? Te gustaba jugar con él cuando eras pequeña.

No me acuerdo.

Lo hacías. Lo chupabas.

Puede, pero no me acuerdo, repito.

¿Sabes? Que era así como…

Es que no me acuerdo.

Devuelve la mirada a la mesa. Coge los papeles de la tumba. Los explora, los toca, los mira de arriba abajo como si buscara algo más.

¿Qué es esta cosa que tiene encima?, pregunta.

Le he puesto un abrigo con un programa de edición de fotos para que no se le vieran las tetas, digo.

¿Es un abrigo?

Sí, como el de la abuela.

Ah. Pensé que era parte de la estatua.

No. Se lo pondría yo. Iría a visitarte y a abrigarla. Todos los días. Olvídate. Lo robarán.

Nadie quiere el abrigo de una muerta, digo. Da yuyu.

Yo sí lo quiero.

Entonces nadie quiere a una muerta, digo.

Mi madre endurece la mirada.

¿Qué es lo que te pasa?, dice.

No sé. Me ha costado mucho conseguir la lápida. Llevo una semana como loca. Prácticamente me he hipotecado para conseguirla. Y ahora no te gusta.

¿Puedo no querer morirme hoy?

¿Por qué no quieres morirte hoy?

Estoy contenta, dice.

¿Estás contenta?

Cuando lo digo, voy notando cómo me tiembla la pierna.

¿Por qué estás contenta?, pregunto asustada.

Por nada, dice.

Ese *nada* no suena a nada.

Puede que haya alguien.

¿Quién?

Alguien, qué más te da.

Quiero conocerlo, digo.

Ahórrate la agresividad.

¿Querer conocer a tu pareja te resulta agresivo?

Me resulta controlador, obsesivo, posesivo.

Mi madre bebe un sorbo de su Martini.

Y nunca te caen bien, dice.

Bueno, es que no me lo pones fácil, contesto. No me gustan los hombres.

Ella hace una breve pausa y se ríe.

Eso es porque nunca te has acostado con uno. Deberías.

No puedo. Lo siento. Soy muy lesbiana.

Ah, esa manía tuya. El otro día le dije a Silvia que creo que te di demasiada teta.

Nunca la suficiente, digo.

Mi madre me mira sonriente y retadora.

Entonces échate una novia y deja de obsesionarte conmigo.

No eres mi obsesión.

Quién lo diría.

Dejaré de obsesionarme el día en que tú dejes de obsesionarte con morirte, digo.

Pues ya lo tienes. Mírame. Estoy viva. Estoy más viva que nunca. ¿Qué más quieres? ¡Vamos a vivir, a vivir, a vivir! Venga, dice y se levanta y da un golpe a la mesa sonriendo y las copas se tambalean. Sácame ya de este puto sitio.

Luego se deja caer otra vez sobre la silla. Se gira hacia el camarero, que nos está mirando porque ha oído el golpe, y le guiña el ojo para indicarle que todo está bien, aunque nada esté bien en realidad. Nos quedamos unos segundos sosteniendo el silencio de la otra. Yo solo pienso en una cama vacía donde tumbarme.

Me gusta, vuelve a decir mi madre acariciando los papeles de la lápida. Entiendo el esfuerzo, pero cámbiala. Hoy viviría para siempre. Prefiero el collar. Además, ¿crees que es de mi talla? La veo un poco pequeña.

Es un efecto del papel, es para dos personas. Entrarías de sobra, digo. Y, además, cuando te mueres la carne encoge. Se deshidrata. No hay carne. O sea, te pudres. Eso es lo que pasa, por si no lo sabías.

Mi madre decide obviar esta última parte.

¿Es para dos personas? ¿A quién pensabas enterrar conmigo?, dice en un momento de lucidez.

Una vez, estando sola en una sala de Urgencias con mi madre, le dije que, si se iba a matar, me mataría con ella. Apunté a una de las venas de mi brazo con un bolígrafo y me lo clavé. Me hice sangre. Ella se rio con ternura y me lo quitó de las manos. Yo me eché para atrás. Creo que me asusté porque no la reconocí en ese gesto. De repente era una madre cariñosa y responsable. Supongo que estaba drogada y vulnerable por la cantidad de ansiolíticos que llevaba encima. Yo no tenía ningunas ganas de morirme, pero estaba desesperada. Desesperada en la manera en la que no puedes ni seguir hacia delante, me refiero. En la que cada paso es una escalera hacia el centro del infierno y un tropiezo y otro y otro más. Pero eso fue al principio de todo. Era muy pequeña. Tenía un pijama que me quedaba grande y que me hacía caerme por el pasillo cada vez que me lo pisaba. Ahora ya no estoy ahí. Ahora ya no me tropiezo.

A nadie, contesto. Solo se me ha ocurrido que podrías estar más cómoda en un sitio donde pudieras estirar bien las piernas.

diecisiete

No puedo cambiar la lápida, así que la pongo en Wallapop. En el anuncio escribo: «Bonita sepultura para dos personas, ideal para regalar». En la descripción elijo la opción de «Como nuevo». Y añado: «Solo ligeras rozaduras y arañazos de alguien que intentó escapar». Borro el anuncio. Lo vuelvo a subir. Esta vez solo pongo: «Bonita sepultura para dos personas o para una con los huesos grandes».

Cierro la aplicación y abro los whatsapps. Iván me ha puesto: «Estoy intentando contactar contigo, me llamas?».

Vuelvo a la aplicación y busco una soga. Escribo un mensaje directo a la chica que la vende. «¿Funciona?, ¿alguien se ha ahorcado ya con esto?». Me contesta al momento: «¿Qué?, ¿estás bien? Lo siento. No sé quién eres, pero hay un teléfono de la esperanza. Ánimo. ¡Saldrás de esta!». Quiero decirle que solo soy una chica que lleva a su madre a cuestas para no tener que extinguirme tan rápido. Y que tengo sueños llenos de culpa y de tortugas y un corazón tóxico y tristeza. Pero le digo: «¡Gracias! Qué buen consejo, me has salvado la vida». Luego busco un collar de perlas y lo descarto porque no es lo suficientemente excesivo. En realidad, nada es lo suficientemente excesivo en esta vida. Luego busco un vídeo donde un oso bebé le da un abrazo al humano que lo rescata de un incendio y me quedo dormida.

dieciocho

Sigo dormida cuando llaman a la puerta. Son las nueve y media. Voy a abrir arrastrando los pies y quitándome las legañas de los ojos. A estas horas, mis ganas de matar son insoportables. Solo me ha levantado de la cama la curiosidad, porque nadie llama a la puerta nunca. Aunque podría ser la policía, veo por la mirilla que es Rodri. No sé si estoy decepcionada o alegre con el descubrimiento. A veces creo que sería todo mucho más fácil si me pillaran. Abro. Pasa. Trae un brik de leche y galletas con dibujos. Pienso rápidamente en la necesidad de Rodri por mantenerme siempre hidratada y se me ablanda el corazón, que todavía no se había despertado. Lo noto, está caliente y pegajoso como una nube de azúcar.

¿Qué haces aquí?, le pregunto.

Estaba preocupado. Hace días que no vienes a verme.

En realidad, no, fui antes de ayer a la tienda. Estuve con tu hermana.

Ah, no me ha dicho nada.

Es que no habla mucho, ¿no?

Ya. Dejó de hablar después de lo de nuestros padres, dice Rodri con total naturalidad.

Todavía no sé qué pasó con sus padres, pero no puedo abrir ese melón ahora. Siento que, si estás en pijama, no es un buen momento para preguntar por lo que intuyes que fue una desgracia. Venga ya. Tú en tu refugio de algodón y la otra persona qué. Además, tengo todavía la boca seca y el sueño que estaba viviendo encima de mí. Soñaba que iba con mi madre en coche a algún sitio. Conducía yo y de repente paraba el coche porque me daba cuenta de que nunca había aprendido a conducir. Mi madre se ponía al volante hasta que nos dábamos cuenta de que ella tampoco había aprendido a conducir nunca. Nos reíamos y decíamos «¿entonces de dónde coño ha salido este coche? ¿Y para qué coño sirve esta palanca?». Aparecía también Lady Di en el sueño y creo que la atropellábamos. O, por lo menos, esa es la sensación que me orbita. Parpadeo mucho para enfocar bien a Rodri.

Pensé que te pasaba algo. Y se detiene un momento. ¿Te pasa algo?

Imagino que lo dice por mi cara de recién levantada. Debo de estar horrible.

Estás horrible, confirma.

No me pasa nada.

¿Has visto la foto de Mona?, me suelta de repente.

Ah, ¿lo dices por eso? Ahora entiendo lo de las galletas. Kit de emergencia. Lo de la leche, todavía no. Y sí, la vi anoche, digo.

Entre la soga y el bebé oso, en algún momento, abrí Instagram y ahí me la encontré. De frente, sin escapatoria. O quizá fue antes de lo de la soga y por eso estaba buscándola. No sé. Últimamente pierdo la noción de las cosas que me hacen daño.

¿Y?, pregunta.

Y le di a «me gusta».

Ajá, ¿y eso qué significa?

Que estoy bien, ¿sabes? Creo que ya no duele.

Claro que duele, pero no quiero que Mona lo sepa. La foto a la que se refiere Rodri es una foto de Mona con su nueva novia. Salían las dos tiradas en el césped del parque. Primero me atravesó un rayo, pero luego el rayo desapareció y dejó paso a un terreno vacío, y en ese terreno vacío había calma y me tumbé. Me quedé extrañamente tranquila. No es una supermodelo. Es una chica normal. No tiene nada que no la hiciera pasar desapercibida entre una multitud de chicas normales. Incluso si la multitud de chicas fuera una bandada de emúes, ella solo sería una emú más. La que se pone a tu lado en un refugio de animales y ni siquiera te picotea.

Eh, eh, eh, me dice Rodri un poco decepcionado. ¿Por qué te importa tan poco?

No sé, digo yo.

Y lo digo en serio, porque tampoco sé por qué me importa tan poco. Ni siquiera sé si me importa tan poco. Hace una semana habría salido a prenderle fuego al parque. Ahora tengo sueño.

¿Hay alguien?

¿A qué viene este interrogatorio?

No sé, tía, haces cosas raras. Estás rara últimamente, ¿qué te pasa?, ¿por qué fuiste el otro día a una entrevista para una tienda de juguetes eróticos?

Soy sexy y no hay curro.

Rodri pone los ojos en blanco.

Hay alguien, afirma, te conozco.

Puede, digo yo.

¿Ves? Cuenta.

Pero no se lo digas.

Esto solo lo digo porque Mona y él se llevan muy bien. Yo no llevo tan bien que se lleven muy bien, la verdad, eso de compartir a mi mejor amigo con mi ex, no sé, no quiero que se rían y yo no esté ahí para reírme con ellos. O peor aún: no quiero que uno de los dos haga un chiste y que no se entienda y yo no esté para completarlo. «Íbamos dos y se cayó la del medio, pero no os riais», les diría, «porque la del medio soy yo». Cuando se ha sido tres, es prácticamente imposible volver a ser solo dos. Se queda un miembro fantasma después de la amputación. Y todos sabemos que los miembros fantasma siguen doliendo, aunque la pierna ya no exista.

A Mona se la presenté hace un año en la primera cita, buscábamos algo de cenar. «Cena romántica para dos», anuncié cuando entramos por la puerta. Rodri se llevó las manos a la boca y ahogó un grito o eso me pareció. Luego señaló el final de uno de los pasillos y dijo al momento «muy bien: arroz, al fondo, curry a la izquierda. El pollo en la primera nevera». No teníamos prisa, pero igual pensó en nosotras como dos tíos a los que se les puede bajar la erección si tardan en comprar la cena. Mona se puso a curiosear todos los estantes. Al final elegimos pasta, atún, tomate.

Qué básicas, ¿verdad?

Como no estaba mi madre en casa, pude fingir que era una persona normal e independiente. Una persona sin una madre disfuncional a su cuidado que sabe hacer pasta de supervivencia. ¿Quién no querría estar conmigo? En una invasión zombi, soy la primera que se salvaría. Y, cuando conoces a alguien, hay que pensar siempre en el futuro inmediato. Ya sabes, hacerte ese tipo de preguntas: ¿comeremos hoy curry o pasta?, ¿iremos este verano a la playa?, ¿adoptaremos una gata?, ¿nos matará una catástrofe natural o mataremos nosotras?, ¿quién de las dos verá morir a la otra? Quiero decir, ¿en un incendio, saldrás corriendo o me esperarás? Quiero decir, a partir de ahora, ¿de qué manera se supone que despedazarás mi corazón?

¿De dónde ha salido la nueva novia de Mona?, le pregunto a Rodri.

De Tinder.

¿Y es?

Cocinera.

Esas son las últimas que se salvarían. Iría a preguntar al jefe de los zombis qué le apetece de comer y el zombi le abriría la cabeza y le comería el cerebro. Un día le dije a Mona que, si estuviéramos en una invasión zombi, yo le dejaría la última lata de lentejas. Y luego la tía desapareció. Hasta busqué en los cajones por si se la había llevado de verdad. Luego busqué entre mis huesos. Antes de Mona no lo sabía, pero, cuando alguien se va, hay que revisarse el cuerpo por dentro. Mirarse los órganos. Y las pupilas. Las pupilas sobre todo. Hay que arrancárselas y sacarlas fuera y hacer que miren otra vez el mundo. Hay que ponerlas en un desesperado intento de salvación aparte. Porque lo único seguro es que lo que veías ya no vas a poder volver a verlo nunca más.

¿Estás bien?, pregunta Rodri al notar que he dejado de contestarle.

Sí.

Pienso en que Mona nunca quiso una novia. Y luego pienso en que, en realidad, Mona nunca me quiso a mí. Hace poco iba por la calle y confundí un letrero que decía SOMBREROS por otro que decía BOMBEROS. Joder. Me paré y me metí dentro. Y ahí no había nada. Fue muy decepcionante. Como entrar dentro de lo que fuimos y donde ya solo quedo yo. Me refiero a que ya no sé lo que veo, ¿sabes?

Creo que no voy a poder perdonarle nunca que dejara de quererme, digo. Ni siquiera es porque se fuera, es por todo lo que se llevó. ¿Qué hace la gente con todo el amor que se lleva?

Lo mete en una bolsita, lo cierra y luego lo suelta en la primera basura que ve, dice Rodri.

Gracias por tu sinceridad. Era justo lo que necesitaba.

Igual te hizo un favor, dice. Piénsalo. El mundo está lleno de gente de mierda y tú estás libre. Seguro que vuelves a enamorarte.

Me río.

¿Y yo por qué sigo siendo tu amiga?

Porque tienes un gusto horrible, pero a veces eliges bien.

Mira que eres bobo, ¿eh?

Tú sí que eres boba. Va, cuéntame ya lo de esa chica. No voy a decirle nada.

Y sella la boca con pegamento imaginario. Luego murmura algo con los labios cerrados para que vea que es real. Creo que dice «¿ves?, no puedo vocalizar nada». Le miro y sonrío y de repente caigo en que ha venido a cuidarme. Él y su cuerpo situado en el mundo. Hay algo tan tranquilizador en el aire que le envuelve… No sé. Como si lo controlase todo o como si ya lo hubiese perdido todo, que es más o menos lo mismo. Desde una renuncia como esa, tuvo que nacer algún dios.

¿Es Super Glue?, pregunto señalando a sus labios cerrados.

Rodri asiente sin separarlos ni un poco. No le creo, pero de todas formas digo bastante acelerada,

Vale. Se llama Lucia.

diecinueve

Es por la mañana y estoy sentada en una terraza tomándome un Nesquik. Tengo los ojos vidriosos porque acabo de ver un vídeo de un gato bebé que adopta a un humano subiéndosele a la pierna. Le he dado a «me gusta» y me lo he guardado junto con el vídeo del oso bebé que se ponía tierno después de que lo salvaran del incendio. Me van las emociones fuertes: oseznos y fuego por la noche, gatitos y azúcar para desayunar. Mi madre está en la clínica. Rodri estaba sepultado bajo un montón de cajas de atún de un pedido que le han traído por tercera vez esta semana. Me he asomado antes para volver a decirle que no le contase nada de Lucia a Mona.

Oye, me ha dicho apartando una de las cajas de su cara, ¿por qué no puedes simplemente confiar en mí?

No es eso, le he dicho volviendo a poner la caja delante de su cara. Es que todavía no sé si vamos en serio.

En realidad solo quería decirle que le echaba de menos. Ayer nos quedamos comiendo juntos y nos reímos como hacía meses que no hacíamos. También nos abrazamos y nos abrazamos y nos volvimos a abrazar. Fue mi piel y no yo la que se lo pedía, como si me hubiera invadido de repente una especie de hambre de cariño inmensa y ya no pudiera escapar de ahí. Estaba acorralada en la dulzura. Supongo que odio lo que le hace el amor a los cuerpos.

Lo que le conté a Rodri es que conocí a Lucia cuando fui a limpiar su casa y que me quedé atontada con el detergente en la mano. Lo que no le conté es que no sé cómo coño voy a hacer para no matarla. Rodri me preguntó «¿estás buscando una madre?». Yo le contesté que no era una madre, que podría ser yo misma. Él me dijo «tú misma si fueras tu madre. Pero me parece bien si a ti te gusta». Todavía tengo el beso de Lucia pegado a la punta de los labios. Ojalá supiera deshacerme de él. Ojalá pudiera cogerlo y dejarlo a un lado de la basura sin más.

Miro el móvil. Está lleno de whatsapps de Iván. El último de esta mañana decía: «¿Cómo tengo que interpretar este silencio?». Me gusta pensar que, si la policía me tuviese pinchado el teléfono, leería toda una trama de desamor tóxico y me seguiría para cuidarme. El otro día me puso: «¿Cuántos días más para hablar contigo?». Y me pareció romántico. Sé que, en el fondo de él, hay un Lord Byron que lucha por salir adelante.

Doy un sorbo a mi Nesquik y marco, por fin, su número. El azúcar se me agolpa en la cabeza y en el pecho. Mientras espero a que salte la voz, miro a la mesa de al lado. Hay unos perros olisqueándose el culo con mucha emoción. La dueña del perro grande llama «cuchi cuchi» al perro pequeño.

¿Me habías bloqueado?, pregunta Iván nada más cogerlo.

He estado sin cobertura estos días, digo retirando la mirada de la señora y de los perros. Tenía un encargo especial.

Ya. Pues mi madre sigue viva, dice él.

Ya sé que sigue viva, respondo bajando la voz. Vino alguien a la casa y nos pusimos a hablar y no iba a hacer una matanza. No era plan.

¿Quién? ¿Tiago?

¿Quién es Tiago?

No sé muy bien, puede que un novio de mi madre. Últimamente siempre anda por ahí.

Sigue hablando, pero no le escucho porque se me ha metido un puñal en el oído. Lucia no me ha hablado nunca de ningún Tiago, pero en mi cabeza se forma una imagen enseguida: Tiago es un semental empotrador que habla italiano y practica yoga por las mañanas. Joder.

¿Cómo es Tiago?

Ni idea.

¿Cómo?, ¿no sabes cómo es?

¿Cómo pretendes que lo sepa? Hace años que no veo a mi madre.

Pues yo sí lo imagino. El pelo largo y sedoso como la crin de un caballo y las manos enormes como las de un gorila. Siempre son así. En la mesa de al lado, el perro grande está intentando montar al perro pequeño, saca la lengua y jadea. La señora tira de la correa y grita «deja tranquilo al cuchi cuchi». Tiago.

Joder, digo sin querer.

¿Qué pasa?

Nada.

NADA.

Nada, vuelvo a decir, que no era Tiago. Era otra chica, estaba limpiando la casa cuando llegué. Por lo visto, la llamó tu hermano. ¿De qué vais?

¿Quién?

Paul.

Mierda, dice.

No era una asesina, digo yo. Bueno, o eso creo.

No, ya, ¿cómo va a contratar Paul a una asesina? Y, además, dudo que sea fácil encontrar a otra como tú, por eso te sigo llamando, aunque en realidad me encantaría matarte a ti.

Aquí es cuando la poli que está pinchando el teléfono derrama el café e inicia el protocolo de actuación. Socorro. Es broma. Me gusta su agresividad-agresividad. Con Iván siempre es lo mismo. Una de cal y otra de cal. Tengo tendencia a pensar que, como yo hago esto, puede hacerlo cualquiera. A veces miro a la gente y radiografío su cara. Me parece que todos podrían ser yo. Imagínate, un mundo lleno de asesinos en cada esquina, ¿aunque no es un poco así? Cuchi cuchi.

Más bien, suena a que contrató a alguien para que le contara lo que está pasando, dice Iván.

¿Qué es lo que está pasando?, pregunto.

No sé. Mis hermanos se están oliendo algo. Mi madre, perdón, Lucia, rectifica, está rarísima. Ya le ha pasado más veces y no nos gusta nada.

¿Qué le pasa?

Anda como una adolescente. Ausente, despistada. Y excesivamente contenta. Seguro que es el puto Tiago.

Seguro, digo.

¿Notaste algo tú?, me pregunta.

No, contesto rápido. O sea, se la veía contenta. Normal. Bueno, no la conozco, pero parecía maja. Ya sabes, tampoco muy maja. Normal tirando a seca. Es un poco seca, ¿no? Sin más.

Noté su boca (Iván, cómo decírtelo). Después de besarla, me aparté de ella y le pedí perdón, porque «mierda, no sé por qué he hecho esto», y ella me empujó contra la pared y me dijo «tranquila» y volvió a besarme. Noté su lengua y noté el calor de la tierra y el color del pecho de los pájaros y también noté el centro de todos los incendios y cómo caíamos las dos dentro. Sin protección.

Bueno, en realidad te llamaba porque tenemos un problema, dice Iván de repente. Mis hermanos quieren ver qué es lo que pasa. Vamos a ir a verla. La semana que viene. Ya tenemos los billetes. Además, es su cumpleaños y querían darle una sorpresa.

¿Cómo?

Lo que oyes.

¿Venís?

Sí, y sería genial que estuviera muerta. Que parezca una muerte natural, ¿crees que podrás hacerlo?

Si pienso en la boca de Lucia, creo que podría desmayarme, así que intento pensar en la punzada de ansiedad que me ha atravesado desde que sé que Tiago existe.

Pero… ¿no quieres esperar a ver a tu madre, digo, a Lucia? Hace años que no la ves, igual está distinta, igual arregláis lo que sientas que es irreparable.

¿Ahora eres psicóloga?

Matar y psicoanalizar es un poco lo mismo.

Pues, aunque fueras psicóloga, no iba a cambiar nada, dice Iván. Quiero que se muera.

Pienso en todo lo que me ha contado Lucia de Iván, mi cabeza lleva buscando el problema desde el principio. Cuando habla de él, es como si el oxígeno se le acabara, en todos los sentidos.

Aunque…, dice de repente.

¿Sí?

En realidad, sí me gustaría verla.

El corazón se me acelera y en la cabeza se me abre una vida entera dedicada a la psicología. Me compraré un diván y sentaré a violadores, asesinos y genocidas y los torturaré con ternura hasta que cedan.

Mejor si la matas cuando ya estemos ahí, dice. Para arreglar los papeles, el entierro. Ya sabes. Así aprovechamos el viaje. Y así estás cerca por si tienes que matar a alguien más.

El diván se pulveriza. La señora del perro grande se levanta y se va y dice «adiós, cuchi cuchi». El cuchi cuchi se queda desorientado y triste. Me siento como él. Tan solo una bola de pelo en mitad de la nada.

¿Qué coño te ha hecho tu madre?, pregunto.

¿Y eso qué coño te importa?

veinte

Te describo a Tiago: un tipo normal, de unos sesenta. Barba platea-da. Nada de un semental italiano, ni siquiera lleva camisa de flores. Lo estoy viendo desde la caravana de enfrente de Lucia. He venido aquí porque necesitaba un refugio y una ventana y estoy cansada de esconderme detrás de los árboles como si fuera una asesina de una superproducción de Hollywood. No me va nada ese rollo de las pelis de terror. Y además es incomodísimo. La realidad es que los psi-cópatas están ya cerca de ti. En tu casa, en tu familia. Todos los asesinos tenemos familia, piensa en eso e intenta dormir. Por es-tadística, te cruzas con uno casi cada día que sales a la calle. Hola. No estamos escondidos. Vamos a por leche y galletas. A veces nos cuesta dormir. No nos gusta la corteza del pan ni la de los árboles. Raspa. Por eso, yo prefiero siempre un asiento en el que poder de-jar mi culo descansando.

¿Y entonces para qué periódico trabajas?, me pregunta Gloria.

Gloria es la dueña de la caravana. Tendrá unos cincuenta y cin-co y el pelo rubio con un mechón blanco que se desmaya sobre su cara. Está sentada frente a mí tomando un café. Yo estoy tomando un vaso de agua a la que le ha puesto una rodaja de limón para demostrarme su hospitalidad. Es casi un lujo si lo comparo con donde estamos sentadas. Sus piernas se chocan contra las mías porque el espacio es diminuto. Eso me pone nerviosa, pero no se lo digo. Me ha abierto la puerta hace un rato cuando le he contado que estaba haciendo entrevistas a las personas del asentamiento. Lo he llamado así, asentamiento. Y a ella le ha parecido bien, aunque no sea nada más que un camping. Es solo por esa ilusión de que las palabras pueden hacer que las cosas sean mejor de lo que son en la realidad.

Canela en rama, digo mirando la primera etiqueta que tiene en la encimera.

¿Se llama así?

Sí.

Conozco muchos periódicos, pero ese no sé cuál es.

Es una revista online, digo, hacemos reportajes. *Canela* es como decir que algo mola.

Suena bien.

Mejor de lo que es.

¿Y eso?

No sé. El jefe. Nos manda escribir artículos de mierda para subir las visitas. «Cómo ahorrar tres gotas de aceite con estos sencillos pasos». «*Nosleeping*, la nueva práctica laboral para aprovechar al máximo las horas productivas que te quita el sueño». «¡Los diez mejores sitios para dejar a tu pareja!». Esas cosas.

Suele pasar con los jefes, dice. ¿Y cuál es uno de los mejores sitios para dejar a tu pareja?

La cima del Everest. Ahora hay tanta gente que seguro que encuentra otra pareja ahí mismo. Y el mensaje es doble, también le estás diciendo que se vienen emociones fuertes y que al menos uno de los dos sobrevivirá.

Gloria se ríe.

¿Qué sabes de ellos?, pregunto echando la vista afuera.

¿Eso es lo que te interesa saber?

Igual puedo pasarme a hacerles una entrevista luego, parecen majos.

Con *ellos* me refiero a Tiago y a Lucia. Están fuera de la casa hablando. Él se acerca mucho a la cara de ella cuando habla y la agarra del brazo. Se ríen como si reírse fuera la única cosa que queda en el mundo. Pensaba que esa risa solo conseguía sacársela yo.

Lo son, dice Gloria. Majísimos. Lucia vino hace un par de meses. Y él viene a verla todos los días. Me encanta Lucia. Es la mejor. Divertidísima. Si no estuviese aquí, igual me hubiera ido a otro sitio. Me da la ropa para que se la lleve a la lavandería porque tiene ese trasto con ella y no quiere sacarlo de casa.

¿Qué trasto?

Un tanque de oxígeno. Está malita, por eso vino. Por eso acabamos todas aquí. Por una u otra cosa, te vas quedando sin pasta.

¿Tú también estás enferma?

No. Yo he huido.

¿De?

Del dinero, de los hombres.

Lo estoy grabando todo con una grabadora para parecer profesional. De vez en cuando, garabateo alguna palabra en la libreta. También he apuntado los rasgos fisiológicos de Tiago y las que me parecen sus debilidades, por ejemplo, que use gafas. La miopía siempre es una debilidad. Y si no me crees, rómpele las gafas a un miope y echa a correr. Mano de santo.

Entiendo que son pareja, digo, volviendo a mirar por la ventana.

Vamos a dejarlo en que son amigos con derechos, dice ella y se ríe.

No sé de qué se ríe. No hay nada gracioso en lo que ha dicho.

¿Cuál es la diferencia? Nunca lo he entendido. Se puede ser pareja de muchas formas.

Que te lo cuente ella, dice.

Bueno, ¿y de qué me quieres hablar tú? Cuéntame, ¿cómo es la vida aquí?, ¿qué hacéis para divertiros?

Un montón de cosas. Mira, solemos comer juntos los domingos. Porque la mayoría de nosotros no tiene mucha familia cercana, ni padres ni hijos, y esas comidas se echan de menos. Vente un domingo y te presento a todos, si quieres…

¿No tienes hijos?

Qué va.

¿Y ellos?, digo señalando a los tortolitos.

No, no, se ríe Gloria. Somos la panda de los solteros.

¿Qué?

Lo que oyes.

Pero ¡qué fuerte!, digo casi chillando, si yo la hacía madre.

¿A Lucia?, ¿por qué?

Yo qué sé. Las caderas.

Pues no.

Miro fijamente a los ojos de Gloria para encontrar algo. O Gloria me miente o Lucia le ha mentido a ella, y la verdad es que no sé qué me pone más.

¿Y de Tiago qué sabes?

¿Cómo conoces su nombre?

Ahora es ella la que me mira para encontrar algo. Mierda.

Lo has dicho antes. Lo he apuntado, digo, y le enseño rápido el papel para que no vea el dibujo que he hecho de las gafas.

Ah. Pues nada. Tiago es un hombre estupendo, carismático. A mí me queda mayor, pero no le diría que no. Creo que está enamorado de Lucia. Por aquí todos lo están.

¿Tú también?

Sí, claro, ¿por qué no?, se echa a reír. El problema es que a las dos nos gustan bastante los hombres. Una pena.

Pienso en el beso de Lucia. Me mordió el labio. Me mordió

mucho mientras me llevaba contra la pared. No te muerde así alguien a quien solo le gustan los hombres.

Tiene pinta de ser una heteraza, digo.

Sí, tiene un historial de maridos bastante fuerte. El último era heroinómano.

¿En serio? No me digas.

Vas a tener que ir a hacerle una entrevista; como ves, es mucho más interesante que yo, dice Gloria.

Estoy bien. Me gusta estar aquí contigo, digo. Pero a lo mejor me paso un domingo y me presentas al resto.

Seguimos hablando. No sé cuánto tiempo. Le pregunto por las cosas por las que preguntaría una periodista si ser periodista fuese algo interesante. ¿Quién eres? (Y no me refiero solamente a quién eres, me refiero a quién eres de verdad, quién hay detrás de quien dices que eres). ¿Qué te duele? ¿Qué dejaste atrás y qué buscas? Dame un titular y un epitafio. Cuando llego a esta última parte, Gloria se remueve en su asiento y responde.

Creo que no busco nada más que estar tranquila. ¿No es eso lo que buscamos siempre todas?

No sé, digo. Por lo visto, yo busco una madre que funcione.

Pues yo, un colchón calentito y algo de compañía; y, otras veces, silencio.

Eso podría ser una buena madre, digo.

O una buena gata.

Nos reímos.

¿Y el epitafio?

No se lo piensa mucho, pero sonríe cuando lo dice.

Fácil: «Viví el tiempo suficiente para darme cuenta de que el mundo está lleno de capullos y de que hay que salir de ahí corriendo o matando».

Me muerdo la lengua para no decirle la suerte que tiene de no tener hijos que ahora quieran matarla a ella.

Me alegro de que estés viva, digo.

Estoy un rato más en casa de Gloria. En ese rato le pido si me puede dar una manzana de las que tiene sobre la mesa. «No son de adorno, coge lo que quieras», me dice. Me despido de ella mordiéndola, y sigo mordiéndola hasta que solo queda el centro y ya he salido fuera de la caravana. Antes de irme, paso por la puerta del remolque de Lucia y dejo el corazón roído de la manzana con una nota que dice: «Lucia, he encontrado tu corazón».

Luego me voy. Desaparezco entre los árboles, que ya han empezado a extinguirse.

veintiuno

¿E Iván?

¿Qué pasa con Iván?

Bueno, digo, Iván o tus otros hijos, ¿qué tal con ellos?, ¿los ves mucho?

¿Qué hijos? Si yo no tengo hijos.

¿Cómo que no tienes hijos?

No.

¿Quién eres?

Mona, ¿ya no me reconoces?, ¿quién eres tú?

¿Eh? No… No lo sé.

veintidós

Me despierto de golpe. Tengo el corazón taladrándome el pecho. Abro los ojos para situarme y asegurarme de que todo está bien. Todo está bien o eso creo. Estoy en mi habitación y no en un submarino secuestrada. Estoy en mi habitación y nadie me ha fracturado ningún hueso. Estoy en mi habitación y tengo las manos libres. Las muevo en el aire. Nunca me han parecido tan bonitas mis manos. Son como mariposas en la oscuridad. Palpo con ellas este cuerpo que me rescata de los sueños para volver a decirme que todo lo malo sigue. Los dedos de mis pies responden y se desperezan. No hay nadie aquí. Todo está más o menos tranquilo. No está Lucia, no está Mona, no está mi madre. No hay ningún oso a punto de comerme. Solo estamos mi corazón palpitante y yo. Las mariposas se estrellan contra la mesilla y doy un gritito y digo «¡au!», luego se posan en el móvil y me lo traen volando hasta los ojos. La luz de la pantalla me ciega. Me salta el vídeo de Lucia. «¿Me estás grabando un vídeo?». «Anda, trae» dice sonriendo y se apaga la imagen.

¿Quién eres, Lucia?, murmuro todavía intoxicada de sueño. Luego respiro.

veintitrés

Me escribió un hombre de huesos grandes para lo de la lápida. En el mensaje, por supuesto, no me dijo qué corporalidad tenía, pero ahora que lo tengo delante calculo los kilos que se podrían ir bajo tierra.

¿Es para ti?, pregunto.

El hombre se ríe.

No, no. Espero que aún me queden unos cuantos años.

Yo espero que no. Hemos quedado en el cementerio, enfrente de la lápida, para que pudiera ver si le convencía. Me dijo que en las fotos que le había mandado por Wallapop no terminaba de ver bien el terreno. «Solo es una lápida», le dije. «Ni que fueras a comprar un chalet». Pero de todas formas insistió en venir. Es de noche, porque en invierno es casi de noche todo el día.

Tiene vistas a los mejores árboles del cementerio, comento con intención de animarlo.

Ya veo.

Y sea quien sea estará tranquila aquí. Los vecinos son supersilenciosos. Cero fiestas.

Ideal.

Cada vez que el hombre dice algo, le quiero pegar un tiro, pero intento sonreír todo lo posible porque necesito el dinero.

Es un dúplex.

Eso ponía en la descripción, sí.

Nos quedamos mirando los dos la lápida del suelo. No sé qué pensará, pero imagino que piensa en el tetris de cuerpos que hay debajo de nosotros. Y de qué manera todos terminaremos encajando en él.

veinticuatro

Con lo de las ancianas pasa un poco como con las bodas o con lo de ser padres. Una vez que alguien del grupo cae, le va tocando al resto. Y me van llamando en secreto. Tengo otro encargo derivado de un antiguo cliente. Un amigo de un amigo de un amigo de un amigo. Algo así. He tenido que coger este nuevo encargo porque el hombre de la lápida al final no la compró. Se puso a llorar y terminé dándole golpecitos en la espalda. Resultó ser un oso de peluche de ciento veinte kilos. Echamos la noche en el cementerio mirando al cielo. La estrella polar había desaparecido bajo una nube nocturna y sentí que estábamos en otro hemisferio. En uno donde las cosas que duelen se habían dado la vuelta y ya solo me acariciaban. Luego me di cuenta de que todo seguía ahí y dejó de parecerme divertido mirar polvo que se había estrellado hace millones de años contra el cristal del cielo.

Patricia. 74 años. Adicta a las novelas de crímenes. No tiene hijos, así que ha sido un sobrino lejano el que me ha llamado. Lo que sí que tiene es una gata siamesa que me ronronea y se restriega contra mis piernas mientras reviso sus estanterías y hago que limpio el polvo.

¿Cómo se llama?, pregunto.

Carlota.

¿La gata?

Sí.

¿Sabes que no es humana?

Es mucho más inteligente que cualquier humana, dice.

En algún manual leí que si quieres caerle bien a las mujeres para las que trabajas nunca deberías hacerte amiga de sus gatos. Se pueden poner celosas. Así que intento apartar a la gata de mí dándole un golpecito en el lomo con el pie. La gata me bufa. Seguro que el manual también decía algo sobre no espantarlos, pero no lo retuve.

¿Por qué has hecho eso?, me pregunta Patricia.

No lo sé, digo. Estaba intentando que no me tirase al suelo.

No te iba a tirar.

Ahora está maullando lastimosamente. Casi ni la he rozado, pero ya me siento como si hubiera intentado atropellarla y como si ella fuera una pobre embajadora de la paz.

¿Ves? La has asustado, dice Patricia y luego, ven aquí, chiquitita.

Se agacha y la coge en brazos. La gata maúlla y parece que se estuviera chivando de mí.

Le has pisado la cola, dice.

¿Qué? No la he pisado. Solo la he apartado de mi camino.

Quiero decirle que Carlota es una traidora, pero siempre es mejor asumir las culpas. Da confianza antes del golpe final. Y tampoco me voy a poner quisquillosa para las pocas horas que le quedan. Va a ser una de las últimas veces que alguien le dé la razón. Ahí la tiene.

Lo siento, Carlota, digo, y le doy un golpecito cariñoso en la nariz. Ella me mira todavía molesta.

No vuelvas a hacer eso tampoco.

Patricia tiene la cara de alguien que ya ha estado en el infierno y que ha vuelto para arrastrarnos al resto. También tiene algo de asesina: una melena corta y oscura con un flequillo que más bien parece un mordisco. Cejas despeinadas. Manchas del tabaco y la edad. Y unos labios gigantes con los que, si quisiera, podría comerme o aspirarme entera. No creo que alguien así haya podido tener muchas amigas en la vida. Es rica y seré su sirvienta. Aquí no entran ni las cuidadoras ni las mujeres de la limpieza. Esto es algo que me fascina, cuanto más rica es la persona para la que trabajas, más escondida está la puerta por la que entras a trabajar y más degradante suena tu oficio.

Patricia se gira para dirigirse al sofá en el que estaba sentada. Yo también me giro para seguir limpiando el polvo a los libros. Doyle, Chandler, Christie. La biblioteca huele a muerto que echa para atrás.

¿Has pensado alguna vez en cómo te gustaría morir?, le pregunto.

¿Qué tipo de pregunta es esa? No me gustaría morir.

Pero te gustan las novelas de asesinatos, digo, girándome para mirarla a la cara, alguna vez habrás fantaseado con tu muerte.

Me gustan las muertes de los otros, no la mía.

Yo una vez fantaseé que me encontraban ahogada en una bañera. Me había envenenado Mona. Nadie me venía a vengar, pero Rodri se ponía supertriste. Empezaba a llorar y alguien, Mona, se ahogaba también en esas lágrimas. Al final, moríamos las dos y era todo un desastre de venganza no buscada. Porque tampoco es que yo quisiera eso. Lo único que yo quería era dejar de estar muerta.

Pero si tuviera que ser de alguna forma…, insisto.

No me gustaría enterarme.

¿Envenenada?

No, el veneno está muy visto.

¿Degollada?

Se mancharía la alfombra.

¿Asfixiada?

¿Cómo no me voy a enterar si alguien me asfixia?

Asfixiada con algún producto tóxico, no me refería a estrangulada.

No me interesa esta conversación, dice en tono cortante. ¿Podemos hablar de otra cosa?

Claro. ¿De qué quieres hablar?, digo, girándome de nuevo hacia la biblioteca con el plumero. ¿Del tiempo?

Por ejemplo, de cuál de mis sobrinos te ha mandado matarme.

Se me hiela la sangre. Nunca me había parado a pensar en lo acertada que es esa frase, pero sientes algo así. Se te corta el riego por dentro.

¿Qué?

Que cuál de mis sobrinos te ha mandado matarme.

Un inciso. Si eres asesina, una de las cosas que tienes que saber dominar es el arte de hacer luz de gas. Esto es: el arte de hacer creer a la otra persona que está loca. Siempre puedes ensayar antes con tu pareja: «¿Cómo no voy a quererte si he ido a comprarte flores?». «No estaba dejándote en visto, es que no tenía cobertura». «Esa chica solo es una amiga, ja, ja, ja».

Ninguno, digo. ¿Te imaginas?

Claro que me lo imagino, dice. Esos cabrones están sin dinero. Tú llevas la muerte pegada a los ojos y este zumo sabe a que le has puesto algo muy ácido para que yo no note lo que le has echado. A ver si adivino, ¿algún anticoagulante?

Otro inciso: esta vez no hay nada en el zumo. Todavía no he decidido cómo voy a matarla.

No hay nada en el zumo, digo. Y no llevo ninguna muerte en los ojos, sigo diciendo. Creo que son mis pestañas, siempre he tenido problemas con eso.

Esto es verdad, de pequeña me llamaban «ojitos tristes». Y los niños hacían pucheros a mi lado para reírse de mí. Una vez una profesora me dijo que le parecía que no llegaba a los exámenes porque la vida se me enredaba en las pestañas. Creo que tenía razón. Nací ya hecha para el desastre.

¿Ves?, digo, estirándome con el dedo índice la piel del párpado derecho hacia abajo. Están caídas y siempre supertristes. Son un bajonazo.

¿Por qué no te las cortas?

¿Las pestañas?

Sí.

No sabía que se podía hacer eso.

Se puede cortar todo lo que tienes en el cuerpo. Otra cosa es que luego vayan a crecer.

Lo dice como si en otra vida hubiera sido embalsamadora. Con esa soltura que te da haber limpiado culos muertos.

Creo que prefiero quedarme así, digo.

Pues entonces no te quejes.

No me quejo, solo me estaba defendiendo. Y has empezado tú, digo. Me vuelvo a girar hacia la biblioteca. Ella se queda en silencio. Hammett, Camilleri.

¿Qué narices es esto?, digo señalando la estantería.

¿El qué?

Hay algo pegajoso y plateado en el estante.

Ah, será baba de caracol.

¿Qué? Me río. Es una risa nerviosa.

Baba de caracol. Debe de haberse escapado alguno de mi bolso, y señala otro sillón donde efectivamente está su bolso abierto. Lleno de caracoles. Espera. Vuelvo a decirlo. Lleno. De. Caracoles. Que, por cierto, ahora están subiéndose por el sofá. Me trago una arcada.

¿Qué es eso? ¿Por qué llevas caracoles en el bolso?

¿Por qué no debería llevarlos?

Porque los bolsos están hechos para llevar clínex, carnets caducados, chicles duros, un pintalabios y las gafas de sol que nunca te pones. Pero nunca. Jamás. Un ser vivo.

Están contentos ahí, los saco a pasear.

Me quedo sin saber muy bien qué decir, así que me limito a preguntar lo básico.

¿Por qué tienes caracoles?

Porque un día entré a una pescadería y había dos caracoles copulando. Me hipnotizó tanto la imagen que tuve que llevármelos. En Suiza tenía una casa con jardín y llegué a tener trescientos.

¿Y qué pasó? ¿Te los comiste? ¿O te hiciste cremas antiarrugas?

No tiene gracia, dice.

Es verdad, retiro lo de las cremas.

Lo otro tampoco.

Yo he comido caracoles, digo, y, como pone cara de ir a invocar un rayo para que me caiga encima, añado, pero están duros y son desagradables, no volvería a comerlos.

Lo que sucedió es que me mudé de país, pero no me dejaban pasarlos por la frontera, así que los empecé a pasar de contrabando y ahí es donde descubrí que estaban contentos en el bolso. Los llevo a las cenas a las que no me queda más remedio que ir para asegurarme de que la gente me deja en paz.

Suena a algo muy psicópata, digo.

Por eso me dejan en paz.

Dan asco, sigo yo.

Te darán asco a ti. A mí me resultan unos compañeros fascinantes.

No tiene nada de fascinante un bicho que babea, digo.

¿Sabes lo que no tiene nada de fascinante?, dice ella. Que hayas venido a limpiar y estés haciendo de todo menos eso. Pasa la aspiradora y deja mis libros y mis caracoles en paz.

Y eso hago.

Un rato después, Patricia está leyendo una novela y la veo gesticular en la distancia para que apague la aspiradora. La apago.

¿Qué?

¿Oyes eso?

Ahora sí lo oigo, hay un murmullo que viene de la puerta de casa.

¿Son los niños?, pregunta.

¿Qué niños?

Esos pedazo de cabrones, dice. Tiene toda la pinta de que ya están aquí.

Se levanta del sofá, enfila el pasillo y se asoma a la mirilla. Voy con ella. Miro. Hay un grupo de cuatro niños sentados en la escalera de incendios. No los veo del todo bien, pero parece que están jugando con una consola. Me giro. La cara de Patricia es un poema.

¿Te molestan?, digo. Si te molestan, voy a decirles algo.

Mejor no salgas, dice.

Claro que sí, son niños. No me van a comer.

Ella me mira fijamente.

¿Que no te van a comer? A mí casi me comen. Cuando me estaba mudando, un grupo de chicos me abrió las cajas de los libros que tenía embaladas. Lo dejaron todo tirado por el suelo y luego empezaron una batalla en el portal. No me atreví a salir en un mes. Y una vez, en el autobús, un niño se me acercó y me apuntó con su muleta para que le dejara el asiento. ¡¡¡Yo a él!!!

Se me escapa una risa.

No te rías, no es gracioso, dice.

¿Pero se lo dejaste?

¿Cómo no se lo iba a dejar? Si casi me toca con esa cosa.

Me vuelvo a reír.

Por no hablar de todas las veces en las que los niños vienen a pedirme chucherías disfrazados de psicópatas de pacotilla. ¿Puede

114

haber algo más deprimente que un niño disfrazado de psicópata? ¿Por qué lo hacen los padres? ¿Qué le ven de divertido?

Yo les podría explicar unas cuantas cosas a esos padres, digo. ¿Una careta de Freddy Krueger? Por favor. Si seguro que ese tipo violaba niñas.

No te pases, dice ella. Krueger solo era un inadaptado.

Me río.

Bueno, siempre puedes sacar a los caracoles, digo mirando de nuevo por la mirilla. Construirte un muro de babas y lechugas en el rellano.

No funcionaría. A los niños les encantan los caracoles.

Es verdad.

Pero ojalá hubiera un repelente de niños, dice.

Yo seré tu repelente.

Ni se te ocurra.

Pero ya casi no la oigo porque he abierto la puerta y estoy fuera. En cuanto escuchan cómo se cierra la puerta, los niños se giran y bajan la voz. No les echo más de doce años.

Shhh, que viene, dicen.

Hola, digo acercándome.

Hola, contestan.

¿Por qué estáis aquí?

Tenemos que pasarnos una pantalla antes de subir a casa, dice el niño rubio que parece el líder.

¿No os la podéis pasar en la calle?

Es que hace mucho frío, contesta uno.

Y en casa no nos dejan jugar, dice otro.

Pues subid a otro rellano.

¿Por qué?

La señora que vive en esa casa está loca y os quiere matar.

¿Quién? ¿Patricia?, pregunta el rubio.

Sí, ¿la conocéis?

Sí, era muy amiga de mi madre antes y venía mucho a casa, pero ahora ya no. ¿Qué le pasa?

Se le ha ido la cabeza. Ha secuestrado un montón de caracoles y, en serio, vosotros sois los siguientes.

Pues no nos vamos a ir, que venga a matarnos, dice uno de ellos y se ríen.

¿Y si os doy cincuenta pavos?

Se miran. El rubio dice «que sean cien». Bingo. Ya he encontrado al asesino.

De vuelta a la casa, llamo y me quedo un rato mirando la mirilla.

Soy yo, digo. Y no traigo niños. Abre.

La puerta se abre. En cuanto paso, Carlota viene a enredarse a mis pies. La acaricio.

¿Y bien?, dice Patricia. ¿Los has tocado?

¿Por qué iba a tocar a unos niños? No soy una pervertida.

Me refería a que si te han rozado con sus, mueve las manos en el aire, manos llenas de virus.

Ah, no. Hemos estado a una distancia prudente de seguridad. Y traigo buenas noticias: no van a volver.

¿De verdad?, dice y se le ilumina un poco el rostro.

De verdad. Pero eran inofensivos, no te puede asustar algo así. Entiendo que te asusten las arañas y las serpientes y determinados tipos de gatos, ¿pero los niños? El rubio me ha dado recuerdos de su madre para ti, por cierto.

Lo dudo.

Que sí. ¿Erais amigas?

Sí. Carolina. Nos llevábamos muy bien hasta que tuvo a sus niños. Siempre son un problema.

¿Cuánto de muy bien, pillina?, digo con una sonrisa. Estoy apostando muy fuerte en la ruleta conmigo misma a que Patricia es una lesbianaca de manual.

Bueno, ese tipo de *muy bien* en el que estás pensando, contesta, y creo que sonríe por primera vez en lo que llevamos juntas. Alucino de lo bien que me funciona el radar. Aunque no era muy difícil. Gato, caracoles, fobia a los niños, cara de torturada, no falla.

Vale, digo. Cuéntame esa historia. Creo que quiero conocerla.

Pues a ver, todo empezó un día cuando tocó en la puerta para pedirme sal, dice. Y yo no tenía.

¿Típica comedia romántica americana de sábado por la tarde? digo riendo.

Sí, solo que aquí había un marido tóxico y nos estropeó nuestro crimen perfecto.

¿Que era…?

Escaparnos a la Conchinchina y fingir su muerte, por supuesto, se ríe.

Suena bien, pero tal vez tendríais que haber matado al marido, cobrar su seguro y largaros.

Se ríe. Ya sé que estoy hablando en su idioma.

Le doblaba la edad, de todas formas, no hubiera funcionado.

Ey, ¿cómo que no?

Esas cosas nunca acaban bien, chica.

Yo quiero pensar que sí.

Piensa lo que quieras. No quiero ser yo quien te quite la ilusión.

Mientras sigue hablando, voy mirándola cada vez más de lejos. Ahora ya sé cómo pasará. Mañana declararán que hubo una fuga de gas en el domicilio. «Una perforación en la tubería», dirán, «que seguramente haya sido por la erosión del tiempo y por no hacer ninguna revisión del gas en los últimos diez años». Ningún tipo de sufrimiento. Los caracoles se quedan. La gata se viene conmigo.

veinticinco

¿Y qué pasó con la lápida?

Habla Dani al otro lado del teléfono mientras me hago un arroz para comer. Carlota se me sube a la pierna y me araña. Creo que es su manera de decirme que ha empezado a quererme o que ha empezado a tener hambre.

La lápida era muy grande y voy a tener que cambiarla, digo. ¿Conoces a alguien que la quiera?

No. Solo conozco niños, contesta Dani.

No le quiero decir que los niños también se mueren, así que a cambio le digo, mejor en unos años.

Sé que hay niños que se mueren, dice él. Pero no los conozco, lo siento.

Y oigo cómo se va corriendo. La madre de Dani se pone al teléfono.

¿Has cortado?, dice.

No. Sigo aquí.

Hola.

Hola. ¿Sabes algo de gatos?, pregunto.

Sé que tienen mucho pelo y que se atragantan con él. ¿Por qué?

He adoptado una gata, digo. Creo que tiene hambre o que quiere asesinarme.

Será hambre. No te asesinan hasta la tercera semana por lo menos.

Me río.

Creo que esta va adelantada.

Espera, ¿está haciendo un ruido horrible como de aspiradora a la que se le ha atragantado un calcetín?

Miro a Carlota, que está clavada a mi pierna, y Carlota me mira a mí. Tiene unos ojazos azules insoportables. Gira la cabeza hacia la derecha y yo la giro con ella. Las dos parecemos sorprendidas de estar mirándonos.

No, digo. Ningún calcetín atragantado. Solo está arañándome.

Entonces eso es hambre.

Me arrastro como puedo hasta la nevera con Carlota enganchada a mi pierna como si fuera una prótesis y saco una lata de paté para gatos. Nada más verla, Carlota se suelta y me mira fascinada. Ahora entiendo la sonrisa de los dueños en los anuncios de comida para gatos. Te sientes como un pequeño dios a punto de entregarles su milagro.

Definitivamente era hambre, digo.

¿Ves?

Sí.

Oye, por cierto, dice ella, me lo llevo preguntando este tiempo, ¿dónde tienes a tu madre mientras arreglas todo? No me asustes, no me digas que tienes su cuerpo en casa y la estás velando ahí.

¿Te imaginas que la asesina fuera yo y no la gata?

Ella se queda en silencio al otro lado de la línea. Luego vuelve a retomar la conversación.

No.

Ya.

Eres demasiado tierna. Tienes empatía. Y yo soy psicóloga. Los asesinos van por otro lado.

¿Eres psicóloga?

Claro. ¿Por qué te crees que no me fío de la gente en los autobuses?

Pensé que solo eras una sociópata más, digo.

Eso también. Se ríe. Pero dime, lo de tu madre me da curiosidad. Creía que no se podía tener el cuerpo en el hospital más de equis horas.

No está muerta todavía. Pero estoy adelantando todo por si luego me quedo sin fuerzas, ¿sabes?

Claro. ¿Paliativos?

Algo así.

Bueno, está bien eso, es normal. A veces anticipamos los duelos que sabemos que van a ocurrir para que no tengan tanto impacto.

¿Entonces no estoy loca ni tengo delirios psicópatas por comprar una lápida antes de tiempo?

Escucho una risita del otro lado.

No. Ni por adoptar a una gata antes de tiempo. Incluso si tuvieras deseos de que se muriese tu madre, tranquila, es normal.

No tengo deseos de que se muera. No quiero enterrar a mi madre. Y tomo aire para decir «no estoy preparada». No los veo, pero sé que hay unos lagos enormes en mis ojos cuando digo eso.

Esto es lo que sueño esa noche. Veo cómo mi madre va en un coche hacia un acantilado. Yo le grito «¡pisa el otro pedal, el otro pedal!», porque pienso que no sabe cómo se conduce. Pero mi madre es listísima, claro que lo sabe. Lo sabe mejor que yo y que tú y que todas las que alguna vez hayáis pisado el puto acelerador del coche. No te cuento el final del sueño. Me levanto, abro la caja de las medicinas, cojo un blíster de Trankimazin, uno de Valium y uno de

Orfidal y me los tomo con un buen chorro de vodka como en el mejor de los cócteles. Luego me meto los dedos rápidamente y vomito. Ver todas las pastillas en el váter me calma. Ahí está el freno, ¿no lo veías, mamá? Se nos había quedado atravesado.

veintiséis

Llevo dos horas tirada en la cama y Carlota me mira desde el otro lado de la sábana como si fuera su juguete. No quiero salir de aquí. Quiero que ella se encargue de ser la humana y que asuma todas las responsabilidades. Ojalá se pudiera adiestrar a una gata para que bajase a comprar comida.

La miro. Tiene los ojos azules de Lucia. Tiene las vidas disponibles y pasadas de Lucia. Y seguro que, si le aprieto un poco en la tripa, también tiene la mentira y la traición. Ya es martes, el sábado vienen Iván y sus hermanos. No quiero volver a ver a Lucia, pero tampoco quiero esperar a que estén todos para reencontrarnos. Decirle «hola otra vez» y «aquí tienes tu muerte». Si Lucia fuera una gata, sería grande y gris y despiadada. Si yo fuera una gata, arañaría su recuerdo para que me dejase en paz. Da igual. Tengo sueño. Me tapo la cara con la almohada y Carlota se lanza a cazarme. Soy su muñeca vudú. Un animal de fieltro donde clavar energéticamente sus uñas. No es Lucia, pero cómo duele.

veintisiete

Sabía que ibas a volver, dice Lucia.

¿Y por qué lo sabías?

Te dejaste la basura.

Y me da la nota que dejé junto a la manzana mordida. Lo hace con tantas ganas que parece que la hubiera tenido en la mano esperando todo este tiempo.

Una mujer de la limpieza nunca se deja la basura, dice. Y no, claro que no era mi corazón. Como mucho sería mi pulmón.

Tengo la nota en la mano. La arrugo. Ahora sí que parece su pulmón.

¿Puedo pasar o estás muy enfadada?

Pasa.

Es por la mañana y la luz pellizca las cosas. Me muevo para encontrar señales de un naufragio nocturno. Algo de ropa tirada por el suelo, alguna taza de más, viagra, una tabla, un mástil encallado, yo qué sé. Salvo el tanque de oxígeno, que está aparcado a un lado del sofá, no hay nada. Todo está recogido y limpio como si todo acabara de nacer.

Te vi con Tiago el otro día, digo mientras acaricio el tanque. ¿Por qué no me hablaste de él?

No pensaba que te fueras a lanzar.

Me mordiste.

Eso fue autodefensa. Y sonríe. Además, es que no somos nada. Yo diría que somos más amigos que otra cosa.

¿Cuál es la diferencia?, pregunto.

Es el que me trae el oxígeno, dice, y se ríe.

¿Qué?, ¿en serio?

De verdad, por eso sale de mi casa todas las mañanas. La realidad puede ser tremendamente decepcionante, como ves.

Miro el tanque. Así que solo era eso. Tiago, el reponedor. Me río. Aunque también estoy celosa de Ben y todo el oxígeno que tiene, me gusta pensar en él como un humano y como un rival con dientes y encías.

Bueno, ¿y tú cómo sabes el nombre de Tiago?, me pregunta.

Como te vi ocupada, fui a casa de Gloria, digo. Aproveché para hacerle una entrevista para el reportaje y le pregunté por vosotros. No sabe que tienes hijos, por cierto.

Ya.

Sonrío y me quedo mirándola como una boba, esperando una respuesta que no llega.

¿Entonces?

¿Entonces qué?

¿Por qué no se lo has dicho?, ¿te inventas la vida?

No la invento, la matizo. Nunca le he dicho a Gloria que no tuviera hijos, tampoco que tengo. Simplemente no le he hablado de ellos. Gloria ha concluido ella solita lo que ha querido de mí.

¿Y por qué no le has hablado de ellos?

Yo qué sé, vengo a un sitio nuevo, conozco gente nueva, quería experimentar la sensación de no ser madre un rato. Aquí soy solo Lucia y está bien que sea así.

Según lo dice, empiezo a inventar una nueva vida para ella. Estamos en una guerra futura y es la guardiana del oxígeno. Yo soy la superviviente que ha pisado campos y exterminios y cristales rotos y ha llegado sin aire y con heridas a sus pies. No me lo da. Cómo iba a dármelo.

Pues yo sí quiero que me hables de tus hijos, digo.

¿Qué quieres saber?

¿Hace cuánto que no los ves?

Año y medio. Más o menos.

¿Y cómo son?

De Paul ya te hablé el otro día. Es el mayor, es muy responsable. El típico padre de familia responsable. También está Luca, que es el pequeño y se parece mucho a mí, siempre anda por ahí perdido. Y luego está Iván… Se para y empieza a palpitarme el corazón. ¿Sabes? Elegí muy bien ese nombre porque siempre ha dado mucha guerra, Lucia se ríe. Aunque no es tan terrible como él se cree.

¿Crees que te quiere vencer?

Vencer no, me quiere cambiar, que es peor, porque es imposible.

¿Qué quiere cambiar?

Él hubiera querido tener una madre responsable, se ríe. Lo fui en lo que pude, pero para eso su madre habría tenido que ser Paul y no yo.

¿Por qué no pudiste ser una madre responsable?

¿Quieres hablar de mis hijos o de mí?

De todo, quiero saber, quiero conocerte mejor.

Digamos que se me complicó mucho la vida.

¿Por tu marido?

¿Cuál de todos?, se ríe. Todos me la complicaron. Bueno, el segundo era muy aburrido. Aunque eso también me la complicó.

El último.

Ted.

Ajá. Me dijo Gloria que era heroinómano, digo sonriendo.

¿Esa mujer no sabe guardar un secreto o qué?

Fui muy insistente.

Nada, tampoco es un secreto. Ted tenía un problema sin importancia, ya ves, el típico problema que pasaría tan inadvertido como una aguja en un pajar.

Solo que la aguja era el problema, ¿no?

Exacto. Quería más a esa aguja que a mí y que a nuestra familia. La droga siempre se pone por delante. Cuando lo entendí, tuvimos que irnos.

¿Y a partir de ahí todo fue mal?

Intenta desengancharte de un adicto. No puedes. ¿Sabes el topicazo de que el amor es la peor droga? Pues es verdad. Yo estaba enganchada a Ted, que estaba enganchado a la heroína. Yo no era su heroína, una pena, pero no podía salvarlo. Tampoco podía seguir compartiendo cama con esa zorra y fingir que no me importaba, se ríe. La eterna rival. Me ganó. Mira, me quejo de Iván, pero yo también quise cambiar a Ted. En fin, parece que todos queremos cambiar siempre a alguien para que nos cuide o nos salve o nos ame un rato más, ¿no?

Yo quiero cambiar a mi madre, digo.

¿Qué cambiarías?

Le metería otro cerebro a presión en el cuerpo.

Lucia se ríe.

¿Tan mala es?

No es mala, es solo esa manía de querer irse de aquí todo el tiempo.

Cuéntame eso, dice.

¿Quieres oír una historia triste? No me has visto en ese registro, contesto. Puedo ponerme insoportablemente melodramática. Solo aviso.

Me arriesgaré.

Pues la historia es que yo la quiero y ella a mí no. Fin. Esto lo digo a toda velocidad, antes de que se me escape alguna lágrima que no he pedido.

¿A qué me suena?

Hay una película de eso seguro, digo.

Hay una película para todo seguro, pero esta me recuerda mucho a mí.

¿Tampoco te quiso tu madre?

Creo que le daba alergia el amor, dice.

¿Y por qué no nos quieren?, pregunto.

¿Quién las quiso a ellas? Cuando tengo rabia, me pongo ahí y perdono. Luego me vuelvo a enfadar, pero ya he perdonado o he renunciado a intentar entender.

Con más razón deberían querernos, digo.

Pero no pueden. «Cuando me siento a salvo, puedo amar», lo dijo la poeta Louise Glück. ¿Has visto a tu madre alguna vez a salvo?

Mi madre. Mi madre vomitando pastillas. Mi madre con la sonda gástrica. Mi madre con el tapón de la lejía en la mano. Mi madre con un embudo en la boca. Mi madre con el oxígeno y el monitor que dice cada pocos segundos que sigue viva.

Es junio y mi madre está cansada de estar aquí. Podría ser agosto y también lo estaría. O podría ser diciembre. En invierno es casi peor porque la oscuridad se traga las ganas de vivir de cualquier cosa que siga viva. Podríamos estar en cualquier sala de cualquier hospital de cualquier lugar del mundo, pero estamos en una parada de autobuses. Es de noche y se me ha pegado el calor y el miedo en las costillas. La abuela y yo llevamos buscando a mi madre desde por la mañana. La he encontrado yo. Estaba aquí, sentada, mirando cómo los autobuses venían y se iban. «¿Alguna vez me dejarás en paz?», me dice.

127

No, le contesto a Lucia. Creo que no la he visto nunca a salvo.

Yo tampoco vi a la mía.

Me quedo un rato en silencio antes de preguntarle, ¿y tú te has sentido a salvo alguna vez?

Lucia se ríe.

Curiosamente solo cuando he amado. O he sido amada.

¿Ahora?

Me mira, se toma una pausa para respirar y me acaricia la mejilla con la mano derecha. Luego traga saliva.

¿Ahora? No lo sé. ¿Te sientes a salvo tú?

veintiocho

En las manos de Lucia sí me siento a salvo. Y en su boca. Estamos en su cama. Ben, ella y yo. Lucia se estira hacia el lado de la cama donde la está esperando el tanque. Se recuesta sobre la almohada y se pone el tubo en la nariz. Llevo un rato acostumbrándome al ruido que hace el humidificador. Borbotea como una fuente.

¿Con este sonido no te dan ganas de hacer pis todo el tiempo?, pregunto.

Lucia se ríe.

Ya casi no lo noto, dice.

Y también dice que le dé un momento y que enseguida está conmigo. Entonces me quito la camiseta y le enseño mi sujetador oscuro. Guío su mano y Lucia la escurre dentro de la tela hasta dar con mi pezón derecho. Lo acaricia suave y en círculos, luego con fuerza hasta que se me pone duro. Me cuesta creer que sea la primera vez que hace esto con una mujer, así que la imagino pellizcándose sus propios pezones todas las veces en las que alguien la penetró. Retorciéndoselos primero con dos dedos, suave, suave y finalmente con toda la palma de su mano como hace ahora conmigo.

Sonríe detrás del tubo porque sabe que estoy supercachonda. Me gusta esperarla. Me gusta verla llenarse de algo que yo voy a vaciar.

Ahora mueve los dedos con suavidad por mi garganta, la recorre y sube hasta mis labios. Yo cierro los ojos. Chupo primero su dedo índice, luego el corazón. Saboreo la nota de sal que tienen todos los dedos cuando los chupas a oscuras y, mientras lo hago, voy imaginando en qué otros lugares han estado estos dedos. En Albuquerque, rellenaron un pavo justo antes de dejar al descubierto el glande de la punta de una polla. El chico de la polla estaba a un palmo de la bandeja y el jugo terminó salpicando la encimera. Todo el mundo alabó la receta después. «¿No os parece que estaba de rechupete?», preguntó ella antes de pasarse un rato riéndose en la mesa. En Berkeley, sus dedos entraron y salieron, entraron y salieron, entraron y salieron una y otra vez de una tubería que se había atascado y, cuando consiguió quitar el tapón, el agua le empapó el vestido y la punta de los zapatos. Esa noche recorrieron la espina dorsal de un amante hasta llegar a la última vértebra y colarse por detrás. Han introducido supositorios en el culo de al menos tres bebés, han ordeñado ubres, limpiado la leche derramada de aquí y de allá. Han palpado lenguas y bordeado ombligos. Han deshuesado fruta, en especial, los mangos que cogía en Yelapa, a los que penetraba hasta el centro para sacarles el corazón primero y la pulpa después. Se ha chupado ese líquido de los dedos. Un líquido azucarado. Un poco espeso. Como el que ahora empapa mis bragas y seguramente las suyas.

Cuando vuelvo a abrir los ojos, Lucia se ha quitado el tubo de la nariz y me observa curiosa. Está tan guapa que debería considerarse un atentado. La empujo suavemente contra la almohada y me pongo sobre ella. Se ríe. Yo le voy quitando la camiseta.

La carne se derrama en dos pechos enormes y una cicatriz. Le pregunto. Se la hizo intentando forcejear con un chico. Me coge de la muñeca y me da la vuelta para desabrocharme el sujetador.

¿Qué chico?, digo de espaldas.

Uno con el que salí.

Ahora soy yo la que la cojo de la muñeca y me giro.

¿Te la hizo él?

Nos la hicimos juntos.

¿Cómo es eso?

Él tenía otra cicatriz. Estábamos borrachos. Nos peleamos. Fuimos al corazón.

¿Te duele?

Ya no.

Nos miramos antes de lanzarnos a la boca de la otra. No cierro los ojos porque quiero ver qué ocurre en su cara cuando la muerda. La muerdo. Ella abre los ojos para ver qué ocurre en mi cara cuando me muerda. Me muerde. Nos separamos sin aliento. Lucia se estira hacia el lado de la cama buscando otra vez el tanque. Quisiera desconectarlo y que nos quedáramos solas. Ella y yo.

El día de la cicatriz estaba con un amante joven, los dos tirados en la cama, él todavía con la polla fuera, recostado. Ella se limpió el semen de la tripa, se recolocó el pelo, se tumbó a su lado y encendió un cigarro. Es posible que fuera un verano en Berkeley y que el sudor se mezclara con la corrida y con el alcohol y con las gotitas que se forman en los cristales por el vaho de los cuerpos. En la habitación había vasos de cristal y botellas esparcidos por la cama, por la cómoda y en el suelo. Él reptó hacia su coño y empezó a lamerlo. Ella le echó el humo y dijo «ya no más, gracias».

«Ya estoy», dice Lucia y vuelve a acercarse a mi cuello. Ahora es ella la que me coge de la mano y me dirige hacia su boca primero y hacia sus bragas después. No hay vello en esa piel gastada que me impida introducirme y llego rápida a tocar sus labios grandes y desbordados. Está empapadísima. Joder. Empiezo a tocarla. Le acaricio el clítoris enorme. Lo acaricio en círculos. Y luego más y más rápido.

Ahí seguía su lengua, frotando el clítoris hinchado. Estaba rojísimo, como están las cosas que van a estallar. Ella le apartó la cabeza. Él se quedó moviendo la lengua en el aire, en un gesto retador.

Lucia se restriega el coño con fuerza contra mi mano mientras me respira en el oído. «Un segundo», dice jadeando, pero ya estoy tan cerca que para ponerse la vía tiene que enredarla en mi cuello. Podríamos morirnos así: yo ahorcada y ella sin aire. «Métete». Me meto. Cuento un segundo. «Métete». Me meto. «Mete más dedos, joder, ¿cuántos has metido?». «Dos». «Mete otro más». Me acompaño de la otra mano y meto tres, uno por cada hijo que tiene. «Dios», me gime Lucia en el oído. «Dios, Dios. ¿Qué estás haciendo? Me voy a correr, me voy a correr muchísimo».

Yo hundo la mano, la hundo hasta donde se gestó y creció y se resguardó el hijo que ahora quiere matarla.

El coño de Lucia se abre, palpita y luego se cierra y aprieta mis dedos hacia adentro.

«¿Cómo que ya no más?», dijo él en la cama. «No», dijo ella. «Esto es una locura. No podemos seguir así». Y le dio una patada en la boca con el pie.

Luego estalló un vaso contra el suelo.

veintinueve

Hay un cartel con la cara de Carlota pegado en un árbol de la calle donde hasta hace dos días vivía Patricia. «Se busca gata siamesa. Es muy sociable y podría haberse colado en una casa. Igual está cenando contigo. Por favor, si la has visto, contacta con nosotros». Y un corazón. Por el cartel, cualquiera diría que la familia está desesperada por salvar vidas y no por cavar hoyos. Lo arranco. Ni siquiera ofrecen recompensa.

¿Ahora tampoco te gustan los gatos?, dice mi madre.

Sí, de hecho, digo y hago una pausa, ¡sorpresa! Tenemos una gata en casa. Y es esta.

Mi madre mira el cartel que le acabo de acercar a la cara.

¿La has raptado?

Le digo que me la dio Patricia hace unos días, porque ya no se podía hacer cargo de ella y que los sobrinos no lo saben. Mi madre vuelve a mirar el cartel.

¿Cuánto pagan?

Nada.

¿Cuánto come?

Poco.

¿Cuánto araña?

Bueno.

Da igual, dice. Me gusta. La quiero. No la devuelvas.

No pensaba hacerlo, contesto y seguimos andando.

He quedado con los sobrinos de Patricia en su casa. No han hecho un funeral, pero han montado un mercadillo para vender sus cosas y sacar todavía más pasta. Me he traído a mi madre para ver si compramos algo que le recuerde a la abuela. Además, la clínica se había inundado esta mañana y no me apetecía dejarla ahí, naufragando. Estalló una ducha y los pacientes se pusieron a gritar mientras uno de ellos intentaba abrir las aguas de los pasillos como si fuera Moisés. Solo que en bata.

¡Pero bueno, señorita!, dice mi madre, parándose de repente. Ahora entiendo de dónde has estado sacando el dinero. Poco te pedí.

Lo dice porque ya estamos en la entrada del edificio y el portal es más grande que nuestra casa. Me gusta estar en sitios elegantes con mi madre porque imagino una vida de reyertas de lujo que no nos podemos permitir. Nos tiraríamos caviar a la cara y luego brindaríamos con chianti en nuestra casa toscana. Mi madre no diría «me quiero morir», diría «¿cuál de mis trescientos bañadores crees que hace juego hoy con el agua de la piscina?». Entonces la que se querría matar sería yo y todo sería mucho más soportable.

¿Qué tal estoy en este portal?, dice mi madre y se pone a posar al lado de un espejo.

Perfecta, le digo yo. Si quieres, te traigo un colchón y te quedas aquí.

Qué graciosa, contesta. Pero ya sé que tú no tienes problemas en dejarme tirada en cualquier sitio.

Está espléndida. Exuda ingenio y alegría y eso significa que pronto viene lo peor. Ya veo la punta del torbellino asomarse a sus ojos.

La cola para entrar a la casa de Patricia empieza en la escalera. Nos ponemos detrás de una mujer que lleva una bolsa de algodón reciclada. La miro. Por la mañana se hace su propia leche de almendras. Por la tarde va a la filmoteca a ver películas escandinavas con subtítulos. Cree en otra vida para los muebles. Les pone nombre. A una mesa la llamó Durudú.

¿Pero quién coño era esta vieja?, me pregunta mi madre susurrando.

Alguien que tenía muchas cosas, contesto. Vienen a destriparla.

Y no me equivoco. Cuando estamos dentro, veo que han sacado todo lo que tenía guardado Patricia y que ahora sus entrañas están expuestas al público. Una chaqueta de marinera, una gabardina, camisas de leñadora. Cojo una boquilla de tabaco y la sostengo. La mujer que está al otro lado de la mesa me dice que cuesta diez euros. La dejo donde la he cogido y me giro rápido para no perder de vista a mi madre. Siento que podría perderla entre tantas cosas y que nadie se la llevaría.

Mira este libro, dice ella, acercándose con los ojos llenos de emoción. Lo quiero.

Es *El talento de Mr. Ripley.*

¿Crees que es de amor?, pregunta. Me gusta el chico que sale en la portada.

El chico que sale en la portada es Matt Damon con el cuello de la camisa abierto y mirada intensita. Está mirando a Gwyneth Paltrow y al otro actor guaperas del que no recuerdo el nombre.

Sí, es de amor, le digo. Esos dos están juntos y el talento de Mr. Ripley es la seducción. ¿La conseguirá?

Como el mío, dice. Mmm. Me interesa este Ripley.

Cógelo, le digo.

Mi madre lo coge y se lo guarda en un bolsillo interior del abrigo. Luego me guiña el ojo y se me acerca al oído para susurrarme que no lo ha visto ella, que ha sido él el que se ha metido ahí y que nos lo llevamos gratis.

No sabía que mi madre robaba tan bien. Podríamos hacer un buen equipo. Porque yo también robo. Fotos, postalitas, gatos. Alguna palabra también. Me acuerdo de una anciana que me decía «cielo» todo el rato, «cielo, alcánzame el vaso de agua», «¿no quieres algo de comer, cielo?», «por el amor del cielo, creo que me está dando algo». Se lo estuve diciendo durante varias semanas a Rodri hasta que un día me preguntó dónde había aprendido a hablar como su abuela.

¿Has visto algo que quieras, cielo?, le digo a mi madre.

Ella levanta la ceja con sospecha y pone cara de desagrado.

Deja de ser tan ñoña. Es por estas cosas por las que no me caes bien.

Luego señala una mesa que está a nuestra espalda. Quiere el collar. Le recuerda al que tenía la abuela. O al que se imagina que tenía. Yo sigo pensando que nunca tuvo ninguno.

¿Cuánto cuesta?

Unos veinte mil, dice mi madre.

¿Unos veinte mil?

A mí también me ha parecido un poco excesivo.

¿Un poco excesivo?

Calculo de cabeza el precio del collar al cambio de ancianas. Dos si todo fuera increíble. Dos y media si el petróleo ha subido o alguien ha iniciado otra guerra en el rato que llevamos aquí.

No tenemos ese dinero, digo.

Y además ya quiero dejar de matar.

¿Para qué me preguntas si quiero algo entonces?

Me refería a algo pequeño y transportable, a algo como esto.

Y, mientras lo digo, cojo una medallita de plata de la mesa. Es de esas que lleva una virgen incrustada como recuerdo de algún viaje a un santuario. Ya me imagino a Patricia en una iglesia, con sus caracoles subiéndose a los bancos y al cepillo de las propinas.

Parece que no me conoces de nada, dice mi madre. Yo no llevaría nunca esas baratijas.

Vuelvo a dejar la medallita en la mesa y suspiro. Enséñame el collar, anda, digo.

El collar está metido en una caja acristalada y lo custodia una señora empalagosa que me pide con voz dulce que no lo toque. «Luego se quedan los dedos pegados y da mala impresión». Me molesto. Mis dedos están más limpios que su cara. Mis dedos han sido lamidos por la saliva de Lucia. Esto no se lo digo, claro. Prefiero sonreír y preguntarle si andan por aquí los familiares de Patricia. Ella me señala a un grupo que está en corro mirando las paredes de la casa y fantaseando otra vida para ellas.

Me quedo parada al lado y les sonrío. Siempre espero que me reconozcan. Voy vestida de negro. No tengo tatuajes. Miro de una manera intensa, como me imagino que miraría la muerte si fuera una persona. Uno de ellos, un tipo calvo y con gafas, se separa del grupo y se acerca.

¿Eres tú la chica…?

¿Qué chica?

La que… La que, bueno, a ver.

¿La que se enrollaba con tu tía? Sí.

¿Cómo?

Es broma, ¿te refieres a la que venía a limpiar?

Sí. Eso creo.

Soy yo.

Me mira con una sonrisa tímida. Se toca la calva. No sabe qué hacer. ¿Qué se hace cuando conoces a la asesina que has contratado para matar a tu tía? Intenta darme dos besos, pero lo esquivo como una serpiente.

Lo has hecho muy bien, dice cortado para cambiar de tema.

Pues págame.

Me da un sobre que no le ha debido de costar ni diez céntimos. Lo abro para asegurarme de que hay dinero de verdad.

Oye, te quería comentar una cosa, dice. ¿Viste a una gata el otro día cuando llegaste?

No.

Qué raro. Hemos puesto carteles por el barrio, debió de escaparse en algún momento.

Pues ni la vi ni me habló de ella, digo.

¿De verdad? Qué extraño. Mi tía la quería mucho. Yo también, o sea, pensaba en llevármela a casa. Para mis hijos y eso.

Ya. Para venderla, pienso yo. Y también pienso en que menos mal que es invierno y me he puesto un jersey que me tapa todos los arañazos de Carlota.

Bueno, yo qué sé, toma, me dice dándome un cartel. Por si la ves ahora cuando salgas a la calle. Es esta, mira qué bonita.

No pienso devolvérsela.

A mi hijo le gusta muchísimo. Le ha hecho este dibujo.

Me da un dibujo de un gato deforme con seis patas. Es verde con rayas azules. A Carlota le molestaría mucho verse así. Ahora sí que no pienso devolvérsela.

Tienes mi número, ya sabes.

Claro, estaré pendiente, digo.

Aunque no he acabado de decirlo cuando suena un estruendo. Un gran estruendo. Como de cubiertos cayéndose. Uno de esos que hace que todo se pare. La gente se gira. El calvo y yo también nos giramos. En un segundo hay una estampida y todo el mundo va corriendo a arremolinarse en torno a algo. O a alguien. Hay gritos.

Me voy a matar, me voy a matar delante de todos vosotros.

Seguro que has oído hablar sobre esa conexión maternal y un poco extraterrestre que hace que, cuando tu bebé llora en una habitación aparte, la leche te suba a los pezones y te empape la camiseta. Señal de alerta. Algo así me pasa a mí. Cuando oigo la voz de mi madre en peligro, los pezones me lanzan a salvarla.

Voy corriendo y al llegar me asomo por encima de los hombros de un tipo con camisa de cuadros. Mi madre está de rodillas en el suelo. Joder. Tiene un cuchillo en la mano y un corte en el brazo. «Aparta», le digo gritando al hombre que está haciendo de barrera. «Aparta, joder». Y me abalanzo sobre ella. Pero cuando estoy encima me doy cuenta de que algo no me cuadra. Es su mirada. Está aquí y no en otro mundo. Algo centellea con fuerza dentro de sus ojos. Algo lleno de vida, me refiero. Mi madre me sonríe. «El collar», susurra, «cógelo». Luego se tira al suelo. Está fingiendo un desmayo. O eso quiero creer. Es tan buena actriz que empieza a convulsionar. No sé dónde ha aprendido eso. La gente grita «¡ambulancia!», «¡agua!», «¡¿hay un médico aquí?!». Otras tres personas se tiran al suelo con nosotras. Yo le dejo mi sitio a la mujer de la bolsa reciclada, que ha cogido la cabeza de mi madre y la sostiene como si fuera una piedad, y salgo del corro como puedo.

Todo el mundo está ahí. No hay nadie en la mesa. No hay nadie vigilando otra cosa que no sea la vida de mi madre. Por una vez me siento acompañada. Lo hago en un segundo, rápido e indoloro. Levanto la tapa de cristal y deslizo el collar en mi bolsillo.

treinta

Acabamos en el hospital. Le pusieron Betadine a mi madre porque no era un corte profundo y me dijeron que no me preocupara, que no parecía que hubiera una intención suicida tras el corte. Yo les dije que menos mal que esta vez no la había. Luego salimos de ahí. Mi madre iba con el collar de perlas puesto. Estaba radiante, brillaba.

¿Te imaginas que fuera una actriz?

Podrías serlo. Lo haces muy bien, le dije yo.

¿Viste la cara que se le quedó a la mujer de la bolsa?

Sí. Casi le da algo con la sangre.

Estábamos eufóricas. Deslumbrábamos. La dejé en la clínica sonriendo a las enfermeras. Todo estaba limpísimo ya. No quedaba ni una sola gota de agua por los pasillos. Cuando llegué a casa, acaricié a Carlota, que vino a verme ronroneando, y pensé que todo estaba bien: mi madre estaba viva, Lucia estaba viva y yo estaba en la cama con el edredón abrazándome. Me imaginé trayendo a mi madre otra vez a casa, me imaginé yendo por las tiendas para darle rienda suelta a su nueva faceta cleptómana. Me imaginé teniendo una madre que me robaba flores y me las iba poniendo con dulzura en el pelo. Y luego me imaginé teniendo otra madre que arrancaba los pétalos diciendo solamente «¡me quieres!, ¡me quieres!, ¡me quieres!». Estoy tratando de acordarme de la emoción de ayer, porque hacía siglos que no la sentía y porque esta mañana se ha esfumado toda de un golpe. Con una sola llamada.

Silvia se ha suicidado.

Mi madre me lo ha contado como si me estuviera dando el parte del tiempo. En el norte va a llover y Silvia se ha matado. En el sur va a hacer sol. O eso han dicho en la tele. Se me olvidó preguntarle qué pasaba en el medio, que es donde siento que estoy yo.

Ahora estoy con ella, dentro de su habitación. No la he visto llorar todavía. No sé si lo ha hecho antes de que viniera. No sé si mi madre sabe llorar. Durante mucho tiempo llegué a pensar que ese era el problema, que se le quedaba toda la tristeza acumulada, en forma de hojas o de palos sueltos, y que ella era como una especie de río estancado que no podía fluir. Y que yo era como un castor que quería sacar todo de ahí, «venga, venga, venga», y llevarlo a otra presa sin conseguirlo. Un día, hasta le dije a su psiquiatra que le diera algo que le hiciera llorar. Algo, cualquier cosa. Joder. Quiero una madre humana, que se emocione con cachorros y bebés y le llore a su amiga muerta. Y no quiero más esta pared.

Silvia me ha robado mi muerte, dice.

Yo estoy destrozada.

¿Cómo ha sido?, consigo preguntarle.

Gas.

¿Aquí?

Estaba en casa por lo de la inundación.

¿Cómo la dejaron sola?

Creo que estaba con los hijos.

¿Ellos están bien?

Sí.

¿Lo saben?

No lo sé. Son pequeños.

Pienso en su hijo bebé y en su ballena de peluche. En cómo jugaba aquel día en el jardín de la clínica, haciéndola subir y moviéndola en el aire como un avión. En la lógica de los niños, las ballenas flotan en el aire y tu madre te quiere tanto que se queda contigo. Cuando sea mayor ese niño estudiará los océanos porque querrá explorar la tristeza de su madre. Se zambullirá de lleno en la noche azul, en la noche dada la vuelta. Pero nunca encontrará lo que busca porque lo que busca ya lo ha perdido.

No te ha robado nada, digo a mi madre.

Claro que sí. Ella iba más por una combinación tonta de pastillas, pero yo dije lo del gas.

¿Estás enfadada porque la vas a echar de menos?

Estoy enfadada por haberle dado una idea tan buena y no habérmela quedado para mí. Y tampoco estoy enfadada. No éramos tan amigas.

Cuando murió la abuela hizo lo mismo. Se pasó un año diciendo lo mucho que la odiaba. Lo mucho que odiaba su cara, su ropa, su colonia, su lunar, su manera de invadir el espacio. Todo era horrible y, aunque sí lo era, en realidad lo que odiaba es que se hubiera muerto tan pronto, antes que ella y sin avisar. ¿Cuánta supervivencia habrá detrás de cada gesto de enfado? La miro entornar un poco los ojos y llevarlos a un punto fijo. Me gustaría saber qué está pensando. Adelantarme a ese pensamiento. Arrancárselo de raíz. Triturar el árbol y la semilla. Después del entierro de la abuela, mi madre abrió su armario, sacó la ropa, las joyas y todo lo que había dejado en esta vida y lo metió en unas bolsas gigantes de basura. Luego lo tiró lejos de ahí. A los días, me desperté con el ruido de un martillo. Estaba destrozando el armario porque todavía olía a ella y no la dejaba dormir tranquila. «Está aquí», me dijo. Y claro que estaba ahí, porque ahí reinaba el silencio. Ahora mi madre lleva siempre esa colonia. Creo que es lo primero que me pidió.

¿Vendiste la lápida?, me pregunta mi madre.

No.

No la vendas, dice. Y toma. Se dejó esto. Me da un pañuelo que todavía huele a Silvia. Tíralo a la basura cuando salgas.

treintaiuno

Este es el juego que le propongo: que me asfixie hasta casi dejarme desmayada. Y que me penetre en ese momento. Pura dopamina. Lucia me dice que no, pero le cojo la mano y se la pongo en mi garganta.

Tenemos un tanque de oxígeno, no va a pasar nada, tranquila, digo sonriendo.

Lo que no le digo es que ojalá me asfixie de verdad.

Me agarra. Sus dedos hacen una pinza en forma de U sobre mi cuello. No aprieta muy fuerte, pero sí lo suficiente para notar el latido del corazón en mi garganta. Yo abro la boca para poder coger más aire. La miro sobre mí. Desnuda. Preciosa. Ahora ella es mi asesina y tiene mi vida en sus manos. Una vida mojadísima. Aprieta los dedos contra mi garganta y luego contra mi coño. Aprieta y me penetra.

El chico se llamaba Jes. El chico de las botellas y de la cicatriz. O así lo apodó ella. Se llevaban muchos años.

¿Cuántos?, le pregunté a Lucia.

Él tenía diecisiete. Yo, treinta y cinco. Era el mejor amigo de mi hijo. Nadie lo entendió. Nadie pudo entendernos nunca. Decían que estábamos enfermos, que estábamos locos, pero éramos incapaces de separarnos. Éramos almas gemelas, ¿sabes? Estábamos locos porque no nos podíamos soltar. Se convirtió en una cosa obsesiva. Nos destruimos.

¿Quién rompió el vaso?

Yo, pero él lo cogió. Cogió el cristal del suelo. Y propuso que nos matáramos. Ahí mismo. A mí me pareció bien. Si no podíamos estar juntos, ¿para qué seguir viviendo?

Así que jugaron a matarse. Primero él y luego ella. Se hicieron un corte cerca del corazón. Pretendían desangrarse de amor irremplazable. Pero no es tan fácil matarse de un corte, a no ser que te abras las venas hacia arriba o te hagas el harakiri. Como vieron que no iban a morirse, se echaron vodka en la herida y siguieron follando. Llenaron de sangre y esperma el colchón. Una fiesta de fluidos. Los hijos se fueron a México con su padre drogadicto. Preferían a un padre drogadicto que a una madre enloquecida. Todo era una ruina. La echaron del colegio donde trabajaba, la desahuciaron. Se puso a limpiar casas. En una de ellas, encontró un calcetín que llevaba años desparejado y creyó que había una salvación. Cuando todo acabó, sus hijos volvieron.

¿Te perdonaron?, le pregunté.

¿Quién está preparado para perdonar algo así?

Ya solo noto un latido suavísimo, pero no quiero levantar la mano para decirle que pare. No quiero que pare. No ahora. Quiero que siga penetrándome y asfixiándome hasta el final y que acabe ya con todo esto. Con mi vida y mi corazón asesino e incurable. Lucia me suelta de repente. Libera mi garganta como se libera un plato en un campo de tiro. De golpe.

Lo siento. No puedo, dice asustada, no me gusta, no quiero verte así ni hacerte daño.

No me haces daño, me encanta, digo casi sin voz.

Estás roja.

Y, mientras lo dice, me coloca la vía de oxígeno en la nariz con toda la delicadeza del mundo. Luego me besa el cuello, va besándome las marcas que ha dejado.

No me pidas esto nunca más, ¿vale? No hay nada sexy en un ahorcamiento.

El oxígeno me abre en dos mitades. Entra como una ráfaga de certeza a mis pulmones. Me aniquila. Me aniquila porque me revive. Me aniquila porque me hace consciente de lo que viene. Y, mientras lo hace, no puedo dejar de mirar a Lucia, de mirar sus manos, su boca, sus ojos azulísimos, de mirarnos a nosotras desde fuera, nuestros cuerpos juntos y enredados, nuestros besos dulces y enredados. Y siento un dolor insoportable y repentino, como el que sentí la primera vez, cuando aún era una niña y estaba sentada en la parada de autobuses y las piernas me colgaban porque no había crecido todavía lo suficiente y mi madre me dijo que quería irse. «¿Es que no lo entiendes? Irme de aquí y para siempre».

treintaidós

Llegan con el atardecer, en un coche negro que parece un ataúd. Se bajan los tres. No son tres hombres, son tres sonrisas. Uno de ellos se abraza al más grande, le da un golpe en el pecho, como diciéndole «allá vamos». No sé qué esperaba encontrar, pero desde luego no era esto. Son guapos, son grandes, son pequeños soles y soy incapaz de reconocer quién coño es Iván. Los tres armarios se paran delante de la puerta de la casa de Lucia. Luego exploran un poco los alrededores. Se asoman a ver las plantas y acarician las paredes del remolque, como comprobando que al menos Lucia no morirá aplastada. Mientras lo hacen, se dan palmadas en la espalda unos a otros. Se sonríen. Se frotan las manos y tratan de calentárselas echando el aliento sobre ellas. Saltan para quitarse el frío. Saltan porque están nerviosos y porque son niños otra vez.

Así que sí tenía hijos, dice Gloria muy pendiente de lo que pasa en la escena. Me acaba de traer un agua con limón y se sienta al otro lado de la mesa.

O eso o son los testigos de Jehová más curiosos que he visto, digo.

¡Ja, ja! ¿Te imaginas? Es un buen sitio para captar clientes. Pero no. Son clavados a Lucia.

Ya, digo. Es imposible que siga negando la maternidad después de esto.

Gloria se ríe.

Venga, vamos a jugar a un juego, le digo. Es como el veo veo, pero con personalidades.

Venga.

Veo veo a un padrazo.

El de la barba.

Justifícalo.

A los hombres les gusta dejarse barba cuando son padres, dice. Creo que se piensan que les da credibilidad.

Te lo compro. Mmm, ahora veo veo a un asesino.

Ese está clarísimo. El más grandote.

¿Sí? No sé, ¿por qué lo crees?

Porque acaba de mirar el buzón de Lucia y ha limpiado su nombre con la manga.

¿Qué tiene eso de asesino?, pregunto.

¿No suelen ser pulcros y perfeccionistas?

No sé, hay asesinos desastrosos.

El tío grandote parece que nos hubiera oído, porque se gira y nos mira. No sé muy bien qué ve desde su posición, pero imagino algo así: una caravana de metal y una ventanita y en ella, dos cabezas que podría aplastar ahora mismo. Dos sardinas en una lata. Su almuerzo si le añade pan. Nos saluda.

¿Y qué dirías del último?, pregunto.

Ese es el hijo pequeño, sin duda. Se le ve más joven. Es el gracioso, el payasete. Siempre hay uno así en todas las familias.

Es una tarde de navidad de hace treinta años. Los chicos están nerviosos porque se estrena una función en el colegio que ha preparado su madre. Esto fue antes de que echaran a Lucia y se pusiera a limpiar suelos y váteres. Entonces era profesora de literatura y montaba obras de teatro con sus alumnos. Eso me contó. El hijo pequeño, el payasete, es el que va a actuar y está ensayando en alto su discurso. Se está mirando en el espejo. Le ha salido una espinilla en la frente y la explota. Lucia se asoma al baño para llamarlo. Se van, anuncia. Y si no viene ya, se irán sin él. El chico recoge sus cosas y la sigue. Se une a sus hermanos, que están en el salón. Lucia sale de la casa y todos van detrás. Aunque ya son adolescentes, siguen siendo tres patitos. No andan, se deslizan en el hielo. En realidad, son cuatro, porque también está Jes con ellos.

«¡Sorpresa!», gritan los tres cuando Lucia abre la puerta de la casa.

Han gritado tan fuerte que su voz llega hasta aquí e invade la caravana. Lucia se echa las manos a la boca. Sé que está sonriendo como una niña debajo de esas manos. Yo sonrío desde la silla imaginándome su sonrisa. Gloria también. Es como si estuviéramos viendo la escena de un reencuentro entre una leona y sus cachorros.

Ahora es cuando llora, me dice Gloria.

O cuando huye, digo yo.

¡Pero cómo sois así!, grita Lucia y se va echando a los brazos de todos.

Primero Paul, el padrazo; luego Luca, el payasete. Iván es el último que la abraza. Durante todo el tiempo se ha quedado a un lado y ahora es su momento. Ya está. Da un paso al frente. Sale al campo de batalla. Se miran. Yo tengo el corazón encogido. Siento la tensión desde aquí. La carga eléctrica. Lucia le pone la mano izquierda en el hombro, como pidiéndole permiso. Y él se echa a sus brazos. No se echa, se deja caer. Es una estatua derrotada. Y luego la aprieta. Se aprietan mucho. Es el abrazo más largo. Paul y Luca se abrazan a ese abrazo.

Jes es el que conduce la camioneta, ya tiene la edad en la que, en Estados Unidos, se puede conducir y consentir. Lucia va de copiloto y los tres chicos se aprietujan en los asientos de atrás porque sus cuerpos ya son bastante grandes. Vistos así, son una panda genial e incluso divertida. Granos y hormonas y canciones de los Rolling. La radio está que arde. «Cállate, Luca, no des el coñazo con el texto», dice Iván. Lucia mira la mano de Jes sobre la palanca. Es una mano grande y preciosa. Anoche esa mano la tocó, con firmeza, como se toca un tronco que se va a pulir. Acariciando las vetas. Era como si lo hubiera hecho ya unas cuantas veces antes. Chicas de su edad. Pero ninguna como Lucia. Ninguna mujer que pudo haber parido a alguien como él. En el asiento de atrás, los chicos siguen a su bola, cantan y se pellizcan, sin imaginarse que anoche Jes y su madre se acostaron.

He visto que has estado viniendo mucho esta semana con Lucia, dice Gloria, apartando la vista de lo que ocurre fuera y mirándome fijamente. Y te has quedado alguna noche, se ríe.

Es porque estoy haciendo un reportaje a lo Gonzo. «¿Caravanas como vivienda habitual? Probamos la experiencia y te lo contamos». Me está dejando quedarme en su sofá.

Ya. Bueno, tú solo ten cuidado. Tiene potencial de destrozar corazones.

¿Por qué dices eso?

La conozco. Es el ser más maravilloso y destruido que he visto en mi vida. Míralos cómo la adoran, y, aun así, yo no sabía nada de ellos.

Miro hacia afuera. Tiene razón. Son una reina y tres súbditos. Cuatro si cuento a Gloria. Cinco si me cuento a mí. Estamos todos perdidos.

treintaitrés

Los chicos entran al salón de actos como si entraran al salón de su casa. Se acomodan y se quitan las zapatillas. Paul e Iván han cogido asiento en primera fila para poderle poner caras a Luca cuando actúe. Van a intentar que se equivoque en la escena de la calavera y que no diga la tontería esa del ser o no ser.

Se sienten seguros. Han leído las palabras que ha reescrito su madre en voz alta. Se han asomado a sus fantasías. Creen que saben lo que va a pasar. Pero nadie sabe lo que va a pasar. Es Luca el que los descubre. En el cuarto que usan para guardar los disfraces. Va a buscar una espada de atrezo y empieza la función. Se abre el telón y aparece Jes desnudo. El mejor amigo de su hermano. El chico con el que jugaban a lanzar perdigones contra las botellas en la parte de atrás del jardín. Es un pequeño Claudio, y ella, una gran reina. Se abre el telón y aparece su madre de rodillas. Rezando a la traición.

Ya han entrado dentro de la casa de Lucia. Yo me tengo que contentar con mirar lo que pasa a través de su ventana e imaginar qué está ocurriendo dentro. Lo único bueno es que la casa remolque es tan pequeña y ellos son tan grandes que todo termina pasando por la ventana. Ahora mismo Luca e Iván están de pie mirando hacia la cocina y comentando algo. Paul se une y les pasa una cerveza. Por primera vez, soy consciente de que, en realidad, se ve todo.

Una cosa, le pregunto a Gloria. Cuando dices que nos has visto a Lucia y a mí juntas, ¿a qué te refieres exactamente?

Te he visto desnuda, dice.

Vale, era eso lo que quería saber.

Pero no te preocupes, no seguí mirando. No pienses que soy de esas *voyeurs* que se quedan horas y horas ahí paradas. Y, además, no me van las mujeres.

Jes y Lucia no ven a Luca porque están demasiado ocupados. Riéndose y jadeando, aprovechando el polvo rápido antes de la función. Pero Luca se queda un rato contemplando la escena. Entre perturbado y curioso. Siente un fuego dentro, un fuego que podría quemar todo ahora mismo. Si tuviera una espada, como la que ha venido a buscar para su personaje, podría clavársela al melenudo de Jes, ensartarlo como a una sardina. Y a su madre. De repente la odia. No había visto nunca así a su madre. Y eso que la pilló un día con su padre en Yelapa cuando ya todos estaban durmiendo. Y eso que la ha visto borracha vomitando y limpiando los suelos de casas que no eran la suya. Pero así, de rodillas ante su amigo… ¿Qué tipo de vergüenza es esta? Cuando lo cuente, dirá que fue como haber visto un fantasma. Lo que no entiende es por qué no puede dejar de mirarlos, por qué el fuego no para, por qué le va bajando más allá del estómago, esta lava horrible, hasta provocarle una erección.

Iván cierra las cortinas. Nos mira antes de hacerlo. Nos saluda otra vez y sonríe. Sé que sabe perfectamente que soy yo. Por eso me jode que no quiera que mire. Me dan ganas de mandarle un whatsapp y decirle: «Ey, tío, que prácticamente sé la talla de calzoncillos que usas».

Bueno, se nos ha acabado el chollo, dice Gloria.

Ya.

¿Qué quieres hacer? Te invitaría a dormir, pero no tengo sofá.

Y no te van las mujeres, digo yo.

Claro. Se ríe.

Pues no sé, contesto, igual salgo a dar una vuelta.

No sabe cómo, pero Luca consigue cerrar la puerta del cuarto de disfraces sin hacer ruido y escapar corriendo al baño. Tiene que bajar eso antes de salir al escenario. Envainar la espada. No sacarla todavía. Tiene que echarse agua en la cara. Tiene que contárselo a sus hermanos, tienen que irse de casa y encerrar a su madre y pegar a Jes. Tiene que pegarle y partirle los dientes, aunque él solo tenga doce años y Jes diecisiete y sea el doble de grande que él, porque qué importan los centímetros de más cuando tú tienes la venganza.

Después de echarse agua y tranquilizarse, se dirige a donde están el resto de chicas y de chicos que van a actuar. Alguien le dice que está pálido y le pregunta si se encuentra bien. Él contesta que está ya en el personaje, que es Hamlet y acaba de ver un fantasma. Se asoma al escenario entre el telón.

Yo rodeo la casa de Lucia. Hay otra ventana al otro lado, sobre la encimera de la cocina. Y esa no tiene cortinas. Me acerco. La luz sale de la casa e ilumina hacia afuera. Ilumina a los mosquitos que se pegan contra la ventana. Y también me ilumina a mí, un mosquito acercándose a Lucia.

Ya ha entrado todo el público. Padres y hermanos y abuelos de los chicos que van a actuar. Lucia y Jes son los últimos que se sientan. Se sientan en primera fila, al lado de Iván y Paul. Hacen que se levanten todos para poder llegar a los asientos del final. Ellos no lo saben, pero acaba de pasar un torrente de energía sexual por delante. Huelen a sudor y a feromonas y a corrida. También, al lengüetazo de tequila que se han tomado para cambiar el sabor, pensando en las dos horas que les quedan por delante. El alcohol mata todas las bacterias, además. A falta de pasta de dientes, bienvenido sea siempre cualquier trago.

Me fijo en que la única que no tiene una cerveza ni una copa de vino en la mano es Lucia, pero ella también levanta su vaso de agua para brindar. Estoy tan cerca que se escucha todo. Creo que ayuda que las ventanas sean del grosor del papel. «Por nosotros», dice Paul, «qué bien estar juntos otra vez». «Ya son las doce», anuncia Luca, «y eso significa que estás oficialmente de cumpleaños», y sale corriendo a apagar las luces.

«Empezamos», anuncia Luca también entre bambalinas cuando ya todo está a oscuras, justo antes de salir.

treintaicuatro

¿Qué es lo que pasó?, le pregunté anoche a Lucia, quitándome las vías del oxígeno. ¿Cómo acabasteis?, ¿cómo acabó todo con Jes? ¿De verdad quieres saberlo?

Sí.

Lo intentamos dejar, y no pudimos. Y un día él se ahorcó.

treintaicinco

Cuando las luces del salón de actos se encienden y todo el público empieza a aplaudir, Iván gira la cabeza para buscar la sonrisa de Lucia y ve la mano de Jes sobre la pierna de su madre. Y entonces empieza a entender. Entiende el olor fuerte. A sudor de Jes, que huele como huelen los vaqueros. Un poco a carne muerta y putrefacta. Entiende por qué le molesta tanto ese chico, el mejor amigo de Paul que llegó a la casa hace dos semanas de invitado, invadiéndolo todo. Entiende que no tiene envidia de cómo toca la guitarra ni de que todas las chicas estén coladas por él porque parezca un Jesucristo recién bajado de la cruz ni de que Paul haya dejado de estar con ellos para dedicarse exclusivamente a Jes. Lo que entiende —Oh, Iván, oh, príncipe de Dinamarca— es que ese chico ha venido a robarle una madre que ya ha tenido que compartir suficientes veces. Y eso sí que no, ¿sabes? Eso sí que no puede consentirlo.

Las luces se encienden y Paul, Iván y Luca empiezan a aplaudir. Lucia ha soplado las velas. Me encantaría saber qué deseo ha pedido, aunque, conociéndola, seguro que ha pedido unos pulmones nuevos para seguir fumando. Luego todos la abrazan y le dan unas flores. «Te echábamos de menos, Lusha», dice Paul. «Está todo muy vacío sin ti, mamá», dice Luca. «Y echamos de menos tu tiramisú delicioso, Lucia», dice Iván. Si no supiera nada, si Iván no me hubiera contratado para venir a matarla, diría que son una familia perfecta. De las que hacen asados cada fin de semana y luego se tiran en el césped con sus bulldogs majísimos babeando encima del estómago. Hasta me encantaría ser parte de esta familia. Irme con ellos de vacaciones. A Yelapa, por ejemplo, con los nietos de Lucia incluidos, y jugar a lanzar piedras a los barcos mientras gritamos «tocado y hundido».

Unos meses después de la función, hay otra fuera del salón de actos: dos funcionarios del ayuntamiento que trabajan de basureros bajan a Jes del árbol del que se ha colgado, para que la gente no lo vea, porque por esa acera pasan muchos niños del camino al colegio. Lo descuelgan y le ponen una manta encima hasta que viene alguien a levantar el cadáver. Lucia se pasa vomitando toda la mañana y toda la tarde y todo el día siguiente. Iván y Luca vuelven para cuidarla, aunque no saben muy bien por qué lo hacen. Entre actos, limpian la casa de botellas. Contemplan la escena en la que su madre es una piedad y mece el cuerpo de un hijo muerto que no es suyo. Paul está un tiempo desaparecido, pero encuentra la tranquilidad y el perdón en una comuna antes de volver. Lucia no puede leer en años. No haya consuelo en las palabras. Hasta Shakespeare se queda corto para este dramón.

«Entonces ¿lo pasas bien con este chavalote?», dice Paul, acercándole el tanque de oxígeno a Lucia. Ya están sentados tomando trozos de la tarta de chocolate que han traído. A mí me rugen las tripas porque no he comido nada en toda la tarde. «¿Habéis visto? Por fin he encontrado a mi media naranja», contesta Lucia. «De este no te puedes divorciar, ¿eh?», dice Luca y todos se ríen. «No lo haría. Es mejor que todos vuestros padres juntos». «Eso no es difícil», dice Iván. «Por una vez, has elegido al mejor».

treintaiséis

¿Una asesina?, me pregunta Lucia.

Sí.

Esperaba otra reacción, que se sorprendiera, que alucinara, que me atacara, que llamara a la policía, que avisara a Gloria y vinieran con dos bates, que sacara una olla y me echara aceite hirviendo encima, no sé, cualquier otra cosa que no fuera estar así de tranquila. Es como si desde el principio lo hubiera sabido todo. Aunque, pensándolo bien, con la vida que ha tenido, que yo sea una asesina es casi lo de menos. No me mira con dureza, sus ojos son los mismos ojos de siempre. Ojos como un cielo abierto. No hay decepción. Ni distancia. He esperado a que los hijos se fueran a dormir al hotel, a que el coche desapareciese, a que afuera solo quedara el viento y la luz de casa de Gloria se apagara, porque las confesiones hay que hacerlas en esa hora y en esa luz y en ese silencio en el que las palabras pueden tomar su espacio. Y llenar paredes y construir templos. Tiene algo de sacramental una confesión, ¿no te parece? Tiene algo de dardo que clavas en el corazón de alguien para siempre.

¿No estás cabreada?, le digo.

¿Contigo?

Sí.

No sé. Todavía estoy intentando procesar el hecho de haber parido a un hijo que te haya contratado para matarme, dice, y se ríe. Y que solo haya pagado diez mil. Dame un rato. Luego me enfado contigo si quieres.

Sonrío. Le acaricio la mano y ella me acaricia también.

Tampoco estás muy cabreada con Iván, ¿verdad?, le pregunto.

¿Cuánto te cabrearía que tu hijo quisiera matarte?

A mí, mucho. Me lo cargaría al momento, respondo. Aunque, si te consuela, es más habitual de lo que piensas. Lo sé por experiencia.

Me imagino. Y hay una parte que entiendo. No fui buena madre. Creo que hubiera preferido que dejara de hablarme, como hacen los hijos en las familias normales, pero entonces no seríamos nosotros. ¿Y qué gracia tendría?

Estamos en el sofá. En la encimera quedan restos de la tarta y de las velas que han traído sus hijos. Sesenta y cuatro años. Aunque a veces aparente el doble y a veces aparente la mitad. Pienso en todo lo que ha vivido Lucia y en que habría que multiplicar su edad por veinte. Demasiado bien está para tanta destrucción.

Ahora entiendo la cara que ha puesto Iván cuando nos hemos visto. Me ha mirado como un cordero degollado, dice Lucia. Era la cara que ponía de pequeño cuando hacía algo que no me iba a gustar.

¿Y no prefieres esto a un collar de macarrones?

Lucia se ríe.

Tiene más personalidad, desde luego. Menudo regalo de cumpleaños.

Yo también me río. Luego la miro un rato en silencio.

¿Qué quieres que hagamos?, le pregunto. Podemos irnos. Ahora. Llamamos a Tiago, cargamos por la mañana un par de botellas de oxígeno y nos vamos. No nos encontrarán. Soy muy buena escondiéndome. Cocinando no tanto, pero aprenderé a cocinar para ti.

¿Qué cocinarás?

Pasta.

Ofréceme algo más elaborado, ¿no?

Pollo al curry.

Mejor cocino yo, dice.

Oye, que eso no estaba tan mal, me quejo.

El picante me gusta, pero las especias no son mi debilidad.

Vale, pues cocinas tú y yo conduzco, digo.

¿Sabes conducir?

No, pero aprendo. Aprendo rápido todo.

Me gusta tu plan, aunque tiene muchas lagunas, dice sonriendo. Se nota que lo has pensado para salvarme. Pero no nos vamos. Voy a hablar con Iván.

¿No quieres huir?

Llevo toda mi vida huyendo.

No sé si es momento de parar justo ahora, digo.

Lucia se ríe.

Necesito hablar con él. Lo he estado esquivando este tiempo. Pensaba que se le pasaría, como se les pasó a Paul y Luca. Pero Iván es más sensible. Ya está. Tengo que ser una madre por una vez y él tiene que ser un hijo por una vez y dejarnos de tonterías. Y, además, ahora yo también tengo que perdonarlo. Estamos en paz.

¿Y qué vas a decirle?

Que no fue mi culpa. Lo de Jes, ¿sabes? Que se matara. Ese chico…, yo tampoco lo perdonaré nunca.

Lo sé, digo.

No, en serio. Entiendo a los suicidas. Yo también quise matarme. Unas cuantas veces antes de eso y demasiadas veces después. Quien se quiera matar que se mate, pero que no lo envenene todo. Algo así dijo Saul Bellow. Entiendo y entendí que se quisiera matar. Lo que no entiendo ni entenderé nunca fue su forma de culpabilizarme.

¿Te escribió una carta culpándote?

Peor. El árbol del que se colgó estaba enfrente de mi casa, ¿sabes? Salí a tirar la basura y la basura ya estaba ahí. Colgando.

Joder, digo.

Ya. Me mató en vida. Estuve muchos años intentando recuperarme. Así que lo que menos necesito es a Iván culpándome también por esto. Pero lo entenderá. Ya es adulto. Conseguiré que lo entienda.

Ya no quiero hablar más, porque de repente solo quiero mirarla. Hay algo nuevo en ella. Está contenta. Feliz. No puede dejar de sonreír. Le acabo de contar que su hijo quiere matarla y que yo quise matarla, y no puede dejar de sonreír.

Te ha gustado verlos, ¿no?

Muchísimo. Los echaba mucho de menos. Ha sido increíble. Luca se ha emocionado. Todos estaban supercontentos. Hemos estado viendo fotos. Me han enseñado fotos de mis nietos. Están guapísimos.

Y, según me lo cuenta, ya sé lo que hay en su corazón.

Te vas a ir, ¿no?

No lo sé. Primero tengo que arreglar todo con Iván, no quiero que me mate por el camino, se ríe. Pero han venido a buscarme.

Han venido a buscar a su madre, digo yo.

Sí.

Oye, tengo una última pregunta, dice Lucia.

Dime.

¿Cómo pensabas matarme?

¿Tienes curiosidad?

Sí, quiero saber mi muerte. Para esquivarla.

Pues es una tontería. Con una sobredosis de Orfidal. Tus pulmones no lo resistirían.

Ya me está faltando el aire solo de imaginarlo, dice sonriendo.

También pensé en apagar el tanque de oxígeno.

Eso sí que hubiera sido una traición. ¿Aliarte con mi amante para matarme juntos?

Ya. Le cogí cariño en cuanto me dijiste su nombre.

Ben.

¿Ves? Me encanta. Suena a perro de agua con mucho pelo.

No, que vengas. Ven aquí.

Lucia me coge de la mano y me acerca a su cuerpo. Está caliente. Es un hogar. El cuerpo de una madre que ha alumbrado luz y veneno. Yo pongo la cabeza en su pecho. Me abrazo a ella. Me aprieto. Me recojo. No me quiero soltar. Acaricio la cicatriz de Jes a través de la tela. Acaricio su corazón salvaje. Aquí me quedaré yo también. Una marca más en un cuerpo indomable.

treintaisiete

Tengo el móvil lleno de llamadas perdidas cuando me levanto. De la clínica y de varios números distintos. Estoy en la cama de Lucia. Son las diez de la mañana. Parpadeo y llamo enseguida, pero el teléfono está comunicando y nadie me coge la llamada. Lucia se despierta a mi lado y me pregunta si va todo bien. «Sí», digo. «Va todo bien, pero tengo que ir a ver a mi madre». Me levanto, me visto corriendo y paso al baño diminuto mientras sigo intentando llamar sin éxito.

Joder, ¿qué hacen a las diez de la mañana en una clínica psiquiátrica para no coger el teléfono?, pregunto en voz alta.

Ronda de anfetas, dice Lucia.

Yo sonrío, aunque por dentro soy un flan.

Luego vengo, digo. Suerte con la conversación y con Iván. Y si no quieres que te remate, no le digas que estamos juntas, ¿vale?

No pensaba hacerlo. No quiero que te mate a ti. Y sonríe.

treintaiocho

Se escapó. Por la noche. Aprovechó un cambio de guardia. Lo han visto en las cámaras. Iba vestida con ropa de calle, con el abrigo de la abuela puesto y supongo que con el collar y con la colonia y con el pintalabios, y no la reconocieron. El celador era nuevo y pensaba que era una enfermera que trabajaba ahí, que había terminado su turno y se iba a su casa a cuidar de sus hijos. Mi madre hasta le dio las buenas noches. Le guiñó un ojo. Se han dado cuenta esta mañana porque ha llegado la policía y porque no había nadie en la habitación. Y que lo sienten mucho. Y que ha fallado su protocolo. Y que ponen a mi disposición a una psicóloga del centro, especialista en shock. Y que no ha dejado nada. Mi madre. Ni una nota. Nada.

treintainueve

Una vez estábamos las tres en la playa. Mi madre, mi abuela y yo. Mi madre y yo habíamos estado jugando con la arena y construido un castillo mientras la abuela dormitaba bajo una sombrilla. «¿Te cuento un secreto?», me dijo mi madre, «hoy soy feliz y tengo calor». La piel le brillaba por las gotitas del sudor sobre la crema. «Vete con la abuela, anda, voy a bañarme». Se metió al agua. Vi su cuerpo entero escurriéndose entre las olas. Luego vi sus hombros. Su cabeza. Luego ya no vi nada. Pasó un flotador volando con forma de pato y un hombre corriendo detrás. Pero la cabeza de mi madre no salía. El mundo se paró en ese momento. El mar parecía una eterna lengua de hielo. El pico del flotador se quedó tocando el aire. Era la escena de un adiós, pero ninguno de los que estábamos ahí sabíamos enfrentarlo. Mi corazón también se paró. Pasé años con el corazón parado en esa playa. Hasta crecí un poco, unos centímetros. Crecí para contener todo lo que vendría. Pasó tanto tiempo que, cuando volví a mirar hacia el horizonte, el hielo se había deshecho. El mar volvía a ser mar. Las olas volvían a ser olas. El hombre que estaba siguiendo al pato bajó los brazos con resignación y lo dejó irse.

Y, de repente, cuando ya no la esperaba, la cabeza de mi madre salió a la superficie y me pegó un grito.

¿Qué haces ahí parada como un pasmarote? Ve con la abuela, venga, corre, ve.

cuarenta

Han pasado dos días desde que mi madre se mató, pero para mí ha sido como una hora interminable. Sé que a partir de ahora el tiempo será así, que situaré todo en la hora de antes o en la de después de que mi madre se matara. Que viviré en el tiempo único y definido de la muerte de mi madre. Y luego a lo mejor un día el tiempo vuelve a ser mío otra vez. Esto me lo dice Rodri en el funeral, me cuenta cómo murió su madre, de un cáncer, y cómo su padre los abandonó y cómo, desde entonces, su padre también está muerto. Y me dice:

Yo voy a estar aquí para cuidarte. Y, si necesitas cuidar a alguien, yo estaré aquí para que me cuides, ¿vale?

¿Te vas a dejar cuidar de verdad?, le pregunto.

Me va a costar, pero por ti me dejo.

¿Te fías de mis zumos?

Prefiero los míos. Te los venderé para que luego puedas traérmelos cuando esté mal.

También ha venido su hermana y me ha dado un abrazo que he sentido como pocas cosas en el mundo. El abrazo de alguien que sabe perfectamente cómo de abierta se te queda la piel cuando tu madre desaparece.

Gloria está al final, mirando, mi *voyeur* preferida. No pude despedirme de Lucia. No llegué. Lo arregló con Iván y se fueron los cinco. Iván me mandó una foto sonriendo con Lucia en el avión. Me puso: «Gracias por chivarte» y «Me debes un montón de dinero». Yo estaba en la funeraria y empecé a llorar. Le contesté: «Como la mates, te mato» y puse un montón de emoticonos de cuchillos y caras enfadadas y una bomba. Él me puso un puño alzado y un corazón.

Imaginé a Lucia en el avión, sentada al lado de Ben, regresando a su casa. Aunque luego pensé que nunca dejarían subir un tanque de oxígeno a la cabina de un avión si no quisieran que saltara todo por los aires. Así que volví a imaginarla empaquetando la bombona y dejándola en la cinta transportadora. Y a Paul y Luca diciendo «parece que llevamos un muerto con nosotros».

Luego la imaginé llegando y respirando un aire conocido.

Dani ha venido con su madre. Me han estado ayudando mucho estos días. Dije que no necesitaba a una psicóloga especialista en shocks y al segundo la llamé. Me derrumbé cuando fuimos a por flores. Yo no sabía cuáles elegir porque llevaba tanto tiempo intentando que mi madre sobreviviera que había olvidado que podía morirse. Pero necesitaba ese gesto simbólico para decirme a mí misma que todo había terminado. Como me puse a llorar, Dani eligió unas plantas carnívoras por mí. Y a mí me pareció perfecto. Después del entierro, vamos a ir a mirar las tumbas y a buscar los zombis que quedan para decirles que cuiden de mi madre.

Y, aunque es la única que falta, también imagino a mi madre aquí, mirando su funeral desde el fondo. Lucia nunca quiso reconocer el cadáver de Jes porque tenía miedo de empezar a pegarle por haberse matado. Yo sí quise reconocer el cadáver de mi madre. Y no quise pegarla. Estaba preciosa. Dejó su cara intacta y vi en ese gesto un regalo de despedida. Una de las primeras cosas que hice cuando me contaron que se había matado fue quitar el anuncio de Wallapop y llamar al exmarido de Silvia para decirle que no la enterraran, que me esperaran dos días. Ahora van a estar juntas bajo tierra y se pueden pasar la eternidad buscando somníferos.

Miro a mi madre imaginada y le sonrío por fin.

Estás feliz, ¿no, mamá? Ya está. Era esto todo lo que querías.

NOTA DE LA AUTORA

Este libro es también un juego literario. Me he permitido desenterrar a algunas de mis escritoras favoritas para dialogar con sus vidas, con sus muertes y con fragmentos elegidos de sus obras. Tengo la esperanza de que esta novela, absolutamente ficticia, sirva de homenaje a todas ellas.

El título está sacado de una clase de Fernando Castro Flórez sobre escritores y artistas. Yo andaba fijándome en las imágenes de la piedad que encontraba por la vida porque sentía que algo tenían que decirme. En la diapositiva apareció de repente la piedad que había recreado Beyoncé para uno de sus videoclips. Fernando dijo: «aquí podéis ver un momento de ternura y de piedad». Y yo pensé que lo que había ahí era una novela.

AGRADECIMIENTOS

No a todas las novelas se tiene que sobrevivir, pero yo sí he tenido que sobrevivir a esta. Gracias a todas las personas que me habéis acompañado y cuidado a lo largo de este proceso dolorosísimo. Escribí esta novela en los dos peores años de mi vida, metida en un pozo, a oscuras y sin luz. Gracias por haber traído linternas y alumbrarme. Por haber traído tápers. Por lanzar cuerdas y luego lianas y luego escaleras y luego helicópteros y perros de rescate. Y por sentaros conmigo a cogerme de la mano y escuchar.

A mi madre, por los cuidados extremos y el amor y la ternura. A mi padre, por lo mismo. Y a los dos por el refugio que me habéis dado siempre en la escritura.

A mi hermano, Héctor, por ser el gran protector y porque, como él leía, yo no tuve más remedio que empezar a escribir. A María y a Miguel, mi sobri. Este es un mensaje también para el Miguel del futuro. Oye, nunca mandes matarnos, ¿vale?

A la familia de Reservoir Books al completo. A María Fasce, por la pasión, por mirarme con los ojos de una madre y entusiasmarse por esta novela cuando todavía no había empezado ni a balbucear. A Carme Riera y, en especial, a Jaume Bonfill, por el cuidado y los mensajes increíbles llenos de adjetivos Thomasmannianos. Y al resto del equipo chulísimo que ha trabajado para que este libro sea la cosa preciosa que es: Joel Vaccaro, Lucía Puebla, Judit de Diego, Pablo Biosca, Eva Sanahuja, gracias, gracias, gracias. Habéis embellecido todo. Leto y Marta, no me olvido de la mañana increíble que pasamos en el cementerio, buscando QR entre las lápidas.

A mi Cris Torres y mi Cris González, por todos nuestros vermuts literarios, cinefórums literarios, muses literarios, resacas literarias, charlas literarias y lágrimas literarias y no tan literarias.

A Isabel González, por ser maestra de escritura y vida. Por las infografías chulísimas de los cuentos de Lucia Berlin y los análisis que brillan.

A Octavio y Nicole, por ser hermanos de escritura y vida. Vivir con vosotros sigue siendo una de las cosas más geniales que me ha pasado nunca. Por nuestras conversaciones literarias en la cocina de la calle Trafalgar. Porque éramos y seguimos siendo unos niños. Por soñar y emocionarnos juntos.

A Alejandra Parejo, mi otra hermana de escritura, por cogerme de la mano y no soltarme. Porque nuestros audios son una de mis cosas favoritas del día.

A la familia de la Escuela de Escritores de Madrid al completo, por acogerme cuando solo era una adolescente perdida y ya no haberme dejado sola. A mis profesores. A su compañía segura. A sus ojos brillantes. Nacho Ferrando, Alfonso Fernández Burgos, Marta Sanz, Mariana Torres, Javi Sagarna… ¡Sois increíbles! Javi, gracias también por guiar esa primerísima versión de lo que ahora es esta novela y enseñarme el principio del camino. Mariana, gracias por regar las semillas siempre. Alfonso, gracias por habérmelo enseñado todo.

A Lorena Briedis, Alejandro Marcos y Chiki Fabregat, porque sois el alma de cualquier fiesta.

A Pablo Mazo, compañero de viajes y de trenes, por lanzarme al *pitch* del que luego saldría la publicación de esta novela.

A Virginia Ruiz, porque conseguimos curar nuestros corazones rotos.

A mi familia de escritores, por tantísimos años compartiendo nuestras alegrías: Adri, Sara, María, Isa W., Liz, Edu, Elena, Almu. Cualquier cosa que pueda decir de vosotros se queda corta, así que solo diré que os quiero.

A mi familia del Máster de Narrativa de la Escuela de Escritores y a los dos años alucinantes que pasamos queriéndonos y cuidándonos entre mascarillas y virus: Mar, Franco, Ale, Jesús, Rubén, Andrea, Octi, Carmen, Mariana, Elena, Helena, Silvia, ¡os adoro! Ya lo sabéis, pero todos estáis en el ADN de esta novela. Y a Héctor y a Clau, porque, aunque nunca coincidimos en clase, nos juntaron la escritura y la pasión.

A Alexandra Suzzarini, porque, si vamos a recuperar la voz, que sea para hablar de Lucia.

A Lorena Salazar Masso, por nuestros maldeniñas.

A Aida González Rossi y a Mónica Ojeda, por arroparme con sus frases y alumbrarme con su escritura brillantísima.

A mis alumnes, que me enseñan de nuevo todo, cada día.

A Sandra, Borja, Pepi e Irati, en representación de nuestro Máster de Estudios Literarios. Estudiar con vosotres fue la gran fiesta. Por nuestras patadas a la academia y por la vendetta. Por nuestras patadas también a Kerouac y a todos los escritores machos. Porque para canon, el de nuestro coño, y para ansiedad, la de nuestra influencia.

A Ire, Ana y Blan, por ser las mejores amigas para siempre, porque nos hemos visto crecer y caer y crecer y caer y crecer y crecer y crecer.

A Eider, Plame, Iván y Rodri, por haber traído el oxígeno a mi vida. Y por tanta, tantísima alegría.

A María Jesús, la psicóloga del ayuntamiento, que me lanzó las primeras cuerdas para que consiguiera salir del pozo.

A Marina, por haber llegado a nuestra vida y haber restaurado el amor y haber puesto la monogamia patas arriba. A tu corazón gigante y ultrageneroso.

Y a Patry, porque juntas conseguimos llegar al final de esta historia. Porque juntas nos salvamos. Porque eres familia y hogar y revolución y pasión y puro fuego y la persona más increíble que he conocido nunca. Porque sin tus ideas brillantes no hubiera encontrado el final, Patry. Porque sin todo tu amor, incluso en medio del desamor, este libro no hubiera sido.

Y a Berta Pagès, mi editora soñada, porque juntas conseguimos llegar también al final de esta historia. Por rescatarme y sostenerme como una auténtica piedad. Porque sin tu abrazo y tus cuidados infinitos este libro nunca hubiera sido. Porque me has devuelto la alegría y la escritura a cor, amiga. No caben las palabras de agradecimiento para ti, no cabe aquí todo lo que te quiero.

Y a Sylvia Plath, a Anne Sexton, a Diane de Prima, a Patricia Highsmith, a Miriam Towers, a Ottessa Moshfegh, a Phoebe Waller-Bridge, a Ben Brooks, a Patti Smtih, a Emily Austin. A Kathy Acker, mi reina apropiacionista. A todas las que alguna vez os habéis colado en medio de mi escritura, a todas vosotras de rodillas.

Y a Lucia Berlin, siempre a Lucia Berlin, por ser ese ser tan bello e indomable y por escribir las mejores páginas que he leído nunca. Nos vemos en otra vida, queridísima, queridísima amiga.

Penguin
Random House
Grupo Editorial

Primera edición: octubre de 2024

© 2024, Irene Cuevas
© 2024, Penguin Random House Grupo Editorial, S. A. U.
Travessera de Gràcia, 47-49. 08021 Barcelona

Printed in Spain – Impreso en España

ISBN: 978-84-19437-03-7
Depósito legal: B-11.403-2024

Compuesto en La Nueva Edimac S. L.

Impreso en Liberdúplex
Sant Llorenç d'Hortons (Barcelona)

RK37037